U0840156

# 沙漠生物圈

刘先平 著

人民文学出版社 天天出版社

**图书在版编目（CIP）数据**

沙漠生物圈 / 刘先平著. -- 北京：天天出版社, 2020.5（2023.5重印）
ISBN 978-7-5016-1598-8

Ⅰ. ①沙… Ⅱ. ①刘… Ⅲ. ①纪实文学–作品集–中国–当代 Ⅳ. ①I25

中国版本图书馆CIP数据核字(2020)第033796号

**责任编辑**：马晓冉　　**美术编辑**：邓　茜
**责任印制**：康远超　张　璞

**出版发行**：天天出版社有限责任公司
**地址**：北京市东城区东中街 42 号　　**邮编**：100027
**市场部**：010-64169902　　**传真**：010-64169902
**网址**：http://www.tiantianpublishing.com
**邮箱**：tiantiancbs@163.com

**印刷**：北京博海升彩色印刷有限公司　　**经销**：全国新华书店等
**开本**：880 × 1320　1/32　　**印张**：5.375
**版次**：2020 年 5 月北京第 1 版　　**印次**：2023 年 5 月第 3 次印刷
**字数**：80 千字　　**印数**：13,001–16,000 册

**书号**：978-7-5016-1598-8　　**定价**：30.00 元

# 卷首语

我在大自然中跋涉四十年，写了几十部作品，其实只是在做一件事：呼唤生态道德——在这个面临生态危机的世界，充分展现大自然和生命的壮美——因为只有生态道德才是维系人与自然血脉相连的纽带。我坚信，只有人们以生态道德修身济世，和谐之花才会遍地开放。

# 呼唤生态道德

刘先平

生态道德的缺失，造成了我们生存环境的危机。

感谢大自然！四十多年在山野的跋涉中，大自然给予了我最生动、深刻的生态道德教育，因而无论是描写我在大熊猫、相思鸟世界探险的长篇小说，还是讲述我在野生动植物世界探险奇遇的其他作品，都努力宣扬生态道德的伟大，呼唤生态道德在人们心间生根、发芽。

环境危机已是不争的事实，各国都在追查其原因，并寻找济世的良方。环境危机实际上是生态危机。

建设生态文明，中国为世界树立了榜样，具有划时代的意义。生态文明的建设，必然呼唤着生态法律的完善、生态道德的树立，从而从根本上消除环境危机，保护、营造良好的生态。

法律和道德是一切文明的两大支柱，也是人类文明的标志。几千年来，我们已有了处理人与人之间、人与社会之间关系的法律、道德，却唯独没有处理人与自然关系的行为规范。按《辞海》“道德”的释文：“道德是以善恶评价的方式调节人际关系的行为规范和人类自我完善的一种社会价值形态。”这足以证明：人与自然之间的关系根本未纳入“道德”的范畴，生态道德是缺失的；或者说生态道德在这之前，根本没有进入我们的观念。这是认识的失误。

“生态”一词的出现，至今不过二百来年的历史，而生态与人、与生存环境的紧密关联，则是更近时期的事情。这也从另一个侧面反映了人类在认识自然、认识人与自然、认识人与环境方面的重大失误；更加说明了树立生态道德的紧迫和重要！如果不能在全社会牢固地树立生态道德的观念，就无法建设生态文明，以及人与自然和谐共处的社会。

生态道德的缺失，成了环境危机的重要原因。长期以来，我们在处理人与自然关系方面，根本没有建立系统的行为规范，没有树立道德标杆，法律也严重滞后；因而对大自然进行了无情的掠夺，并无视其他生命的权利，任意倾倒垃圾，滥用没有预后评估、监测的科技，造成了环境污染、资源枯竭、生态失衡，以致遭到大自然的严厉惩罚，直到危及人类自身的生存。这才迫使人类重新审视与自然的关系，规范人与自然关系的法律和生态道德才得以凸显。强调生态道德，在于强调、突出它比之于其他道德的鲜明特点——人与自然的关系。我们急需建立对于自然应具有的行为规范，以调节人与自然之间的关系，消除环境危机，建设人与自然和谐共处的社会。这是时代向我们提出的重大命题。

比较而言，树立生态道德比制定、完善生态法律，更为艰难。法律是“由国家强制执行的行为规则”，而道德是公民应具有的修养、品质，带有自觉或自我约束性质。当然，对法律的遵守，也是修养和道德的表现。法律可以明确规定从哪一天开始执行或废止，但同样的方法却并不适用于道德。比如某一行为并不违犯法律，却违背了道德。这大约就是媒体纷纷设立“道德法庭”的原因。生态道德在全社会的树立，是个艰巨而长期的任务，需要启蒙和培养的过程。对社会说来，生态道德是需要几代人甚至十几代人的努力才能形成的崇高风尚，需要全体公民的参与和努力。

四十多年在大自然中的考察，八十多年的人生经历，使我逐渐深刻地认识到：树立生态道德的重要及紧迫。四十多年前我所描写的青山绿水，现在已有不少是面目全非。大片原始森林被砍伐了，很多小溪小河都已退化或干涸。

水是生命的源泉。水的污染给整个生物链带来的是灾难性的影响，使人类的健康、生命处于极不安全的状态。中国五大淡水湖是长江中下游湖泊群的代表，是人口最为密集地区的生命线，号称“鱼米之乡”。但只经历了短短的二十多年，五大淡水湖就都面临着湖面缩小、污染等生态恶化问题。在经济发达的长三角、珠三角，水污染更是触目惊心。

自然养育了人类，可我们缺少对自然的感恩，也缺少对其他生命的尊重，妄自尊大，胡作非为。当人类对自然缺失了道德，自然也会还之于十倍的惩罚！

我曾立志要为祖国秀丽的山河谱写壮美的诗篇，但只是短短的二三十年，我所描写的山川河流不少都已是“历史”“老照片”。

我曾冒着种种的危险，在野生动植物世界探险，无论是描写滇金丝猴、梅花鹿、黑叶猴，还是描写红树林、大树杜鹃，都是为了歌颂生命的美丽，但是这些生命总也避免不了不幸的经历——它们在人类的猎杀、压迫下苦苦挣扎。即如每年要进行一次宏伟生育大迁徙的藏羚羊，或是给人类带来福祉的麝，或是在山野中呼唤爱的黑麂……都不可避免地遭受着厄运。它们生存的空间，正被人类蚕食、掠夺。

这使我无限忧伤、愤怒，更加努力地呼唤生态道德的树立，也更寄希望于孩子。

正是大自然的生存状态，激起了我决心在一些作品之后写下后记，为过去，为未来，立此存照。

四十多年来，大自然以真挚、纯朴、无比的热情，接纳了我这个跋涉者，在互相倾诉、抚慰中，我与大自然结下了深厚的友谊。

热爱生命，尊重生命，热爱自然，保护自然，保护环境，应是生态道德最基本的范畴。

我们来自自然，与自然有着血肉相连的关系。人类在初期对自然是顶礼膜拜的。很多部落将动物的形象作为图腾。我们的祖先，对人和自然关系的认识，曾有过很多智慧的表述，如“天人合一”“盘古开天地”等，这些至今仍是经典。从世界教育史考察，人类对于自然的认识，一直是教育最基本最经典的内容，如讲述天体气象、山川河流、森林、环境和资源，等等。以人类生存的环境、人类在自然中的位置作为人生的启蒙，在孩子们幼小的心灵上培植对生命的热爱，对自然的感恩。但这种优良的传统，随着人类社会、经济，尤其是科学技术的发展，逐渐丢失。城市钢筋水泥的建筑，活生生地切断了孩子们与自然的联系。现在城里的孩子不知稻、麦为何物已不是怪事，甚至连看到蚂蚁也发出了惊呼。缺失生态道德的社会，使孩子们失去了自然。

我希望用大自然探险奇遇，还给孩子们一个真实的大自然世界，激活人类曾有的记忆，接通人类与大自然相连的血脉，使孩子们接受生态道德的洗礼、启蒙；同时，启迪智慧的成长。大自然是人类的母亲，请千万不要忘记，大自然也是知识之源，人类正是在不断探索自然的奥秘中，才促使科学技术发展到辉煌灿烂的程度。

道德是一个人的品质、修养、精神。道德力量的光辉，犹如日月星辰。我一直坚信，只有人们以生态道德修身济世，人与自然的和谐之花才会遍地开放。

# 目录

Contents

## 鸟 盗



## 蘑菇圆舞曲

## 雪豹小兄妹



## 旱獭的尊严



## 最后的罗布泊人

# 鸟盗

# 发现野马

“野马！”司机喊了一声。

瀚海腾起一股沙尘。

车嘎的一声停了。我身子突然往前一倾，头差点撞上前座。我顾不得胸口的疼痛，拉开车门就跳了下来。哪里还管得了外面热得像烘箱——炎夏正午的大戈壁。

今天要考察生活着一两万只羚羊、珍贵稀有的野驴、野骆驼的有蹄类野生动物王国。可是已跑到中午，还没见到我们急切想见的狂野生命……

右前方四五百米开外，茫茫的戈壁滩上，衬出了七八只体形修长、健壮、颈背黑色、上身棕色、下腹白色的动物。

真的，在让人恍惚的大漠蜃气中，它们确有野马的风姿！

我们激动得屏声息气，生怕它们撒腿而去。是的，我们正行进在曾是野马故乡的准噶尔盆地，但野马早已被西方的探险家和猎人捕捉、猎杀殆尽。为了寻找传说中日行千里、淌着“血汗”的野马，动物学家们已在这片大漠中寻找了十多年，却毫无收获。难道今天能让我们碰上？

几只羚羊从左侧三四十米处飞奔而去。

“真的有这样的好运？体形好像小了些。”我问向导老梁，他却一直不吭声。

“不可能是马驹子吧？”李老师说。

“你们注意看它们腿的颜色。”老梁说。

“看不清，蜃气太重，像雾里看花，再把车往前开一点吧！”李老师说。

老梁不发话，司机也不敢贸然开车，车子一响，难保它们不跑。它们中的一只正在向我们眺望。

炎夏烈日烤晒，戈壁滩上热气蒸腾，形成了袅袅蜃气，

将远处的物体变得模模糊糊。

野马群突然撒开蹄子奔跑——啊，像是缤纷的彩色在流动，它们身后隐约有两只狼在追。

“白色的。看清了，阳光闪耀，流动的风景。”李老师说。

“野马的四条腿是黑的，野驴的每条腿都是白的。这是蒙古野驴。”老梁说。他是从事动物野外考察的，总能抓住被考察对象最明显的特点。

我不免有些失落。李老师仍然兴高采烈：“难怪维吾尔族兄弟叫野驴是野马哩！它们长得太像了，都是美的精灵。我们跑了几个小时了，才见到它们嘛！有多少人能见到野驴哩！还是蒙古野驴哩！”

老梁被李老师逗笑了：“维吾尔族兄弟说它们是镶边的野马，没有这些雪白的毛色映衬棕色的上体，野驴能这样美？其实，野驴不是家驴的祖先，倒是野马的近亲，都属奇蹄目马科。”

“哈哈！说野马也没大错嘛！你老梁真会做思想工

作。这大戈壁真热……"

李老师突然对我做了个噤声的手势，就往近旁的一个沙丘走去。

沙丘后一阵响动，突然蹿出了二十多只羚羊。还未等人们看清它们的动作，它们的尾花就已炸开，雪白的臀斑耀眼。顷刻间，黄褐色的身影已融入了大地，只有几个白点子如流星般飞驰……

“是原羚？真精，躲在沙丘底下乘凉哩！离我们这么近都不跑，它也怕热啊！今天才明白，羚羊的臀部为什么长那么一块雪白的毛，奔跑时尾巴甩直，背影就只有一个银桃在跳动，闪花追击者的眼——原来也是生存、防身之道啊！”李老师心花怒放。

发现是快乐的源泉！这就是大自然探险的魅力。

“李老师，你也称得上动物学家了！和你们同行，才了解到你们几十年乐此不疲在大自然探险中得到的乐趣！能在这样酷热的戈壁中东奔西走，如你们这样的高龄，能有几个？快往回走吧，看你脸上只有汗渍没有汗——汗一出来就蒸发了。连黄羊都知道找阴凉。赶紧上车吧！我们也找个阴凉地方吃点干粮，喝点水吧，否则就赶不到绿洲了。”

“喉咙都要冒烟了。水早就喝光了,修车时天那么热。”李老师说。

环顾四周，在这干旱少雨的大戈壁，连极耐旱的红

柳和梭梭都没有，目力所及之处也只有像被火烧过似的赭色的山，零零星星的小沙丘都泛着黑色。老梁说，那都是油沙山，油苗，地底蕴藏着丰富的石油……

“还是回车上吧，虽没有空调，总比在炉子里烤好受！”司机说。

快到车子时，李老师突然小声说了句：“你们看！”

一只小鸟正绕着车头在飞，难得！从早上到现在，只是偶尔见到两三只大雕在天空悠闲地游荡，别说听到小鸟啁啾了，连它们的身影也没见到。是大漠太热？

那黑、白、棕三色的翅膀，头上奇特的冠羽像梳了个大辫子在脑后，细长细长的嘴，多像一只硕大的花蝴蝶——

“戴胜！”我惊喜地喊出口。

“不错，是它。这鸟看一眼就让人终生难忘。它在干吗？”李老师大有他乡遇故知的惊喜。

具有奇特相貌的戴胜鸟，并非难以见到，但想要真正认识它，那要看运气了。我在东海边的崇明岛、西极帕米尔高原，以及高黎贡山都见过戴胜鸟。

记得第一次听到这个名字时，我还以为它是一个人的名字。后来，询问鸟类学家，不禁哑然失笑：原来“胜”字，是古代妇女美丽的头饰“华胜”，把它命为鸟名，是因为这鸟头上生着长长的棕、黑、白三色的冠羽，异常美丽，犹如戴了顶华丽、变化多端的头饰……也可能是穷思竭虑，想不出更好的名字吧。

“它发疯了？热的！”

# 戴胜抢水

只见那鸟不再绕着嘎斯车高大的车头飞了，它一改初衷，一个劲往车窗上扑——先是用细长的嘴去啄，玻璃将它弹得直往后仰。它一紧身，再啄，咔的一声，它不仅被弹了回来，还直往下掉，它赶紧展开翅膀，才没有掉到地上……

它飞了几个小回旋，又往车窗扑去。像是吸取了教训，它头一低，往里钻，只听车门玻璃嘭的一声，它又被弹回来了。

戴胜鸟有细长的嘴，很容易使人联想到涉禽，专在水里讨生活；要不就是啄木鸟，在树上掏洞啄虫。其实，它只把嘴当凿子和锄头使用，在草地和田间作浅度发掘，寻找小虫或在树缝、浅洞中啄食。它没有涉禽的长腿，嘴又细长，啄不开坚硬的树干；再说，它更没有啄木鸟大脑中的防震器。

戴胜鸟平时机警畏人，可现在我们就站在离这只鸟三四米远的地方，它却视而不见。为什么这只鸟如此胆大妄为？

只见它掉转彩色的身子，绕到对面，又对车门的玻璃窗发起了进攻……

“车门上有什么？是趴着它想吃的虫子，还是……为何它这么不屈不挠？”李老师说。

“玻璃上要是有什么，我们还看不见？”

戴胜鸟飞回车头正面，落到车盖上，黑亮的眼睛扫视着驾驶台。那眼神不禁使我为之一振……

考察完毕，稍作休整，又咕咕地叫了两声，一展翅飞到原来的位置，全力向车窗玻璃冲了过去……

“这不是唐·吉诃德大战风车吗？”

嘭的一声，可怜的戴胜鸟，一头栽到了地上……

大家飞奔过去。

我大叫一声："别动它！"

"它非常臭，真的不能碰。沾上臭气，几天都洗不掉。"经老梁提醒，我才发觉鸟身上的确有股臭味。

我看到它美丽的头冠上，泛着血色。

"它死了？"李老师问。

"等等看吧！"我看到它的胸脯似乎在微微地颤动，是蜃气的原因，还是我的幻觉？

"走吧！天太热，把我热中暑了，你们就得抛锚了。"司机边说边迈开步子去拉车门。

我一把将他拉住，神情严厉……

一静下来，就觉得外边比在烘房还难受，连头发都在烈日下嗞嗞作响，全身像是正在缩水，视线也开始模糊了，李老师拿出薄荷糖分给大家……

戴胜鸟伸了伸腿，动了动翅膀……

咳！它一侧身，竟然飞了起来，尽管摇摇晃晃，可它确实飞了起来。它还使劲摆了摆头，似乎想消除脑震荡的影响，还是它想起了什么？

它只飞了几个小回旋，又向着玻璃撞去……说时迟，那时快，我一个箭步向前，迅速打开车门，再闪电般把赶来轰鸟的司机撞了一个趔趄……

那鸟留给我们一个炫目的背影，一头扎进车里，落到驾驶台上的水杯旁。它跳上杯口，还未站稳，就迫不及待地将长嘴插到杯中，猛喝起来……

戴胜鸟并不需要像寓言中的乌鸦那样，衔来石子丢到瓶中，才能喝到水，因为上苍让它生了长嘴，这长嘴虽不能涉水捕捉鱼虾，却可以在危急关头救急。谁能说造物主不神奇呢！

“是来抢水的！”李老师说，“你看到它盯着水杯了？”

“它太渴了！”

简直是抽水机嘛！喝水使上了喝奶的力气。

啊！水是生命的源泉！

一个人几天不吃饭，不会饿死；但一个人几天没水喝，肯定难以生存。

“坏了！刘老师没水喝了，你剩下的半杯水都得让给它了。”老梁说。

我在炎夏大漠考察时，每天总要泡上一大杯金银花、菊花茶，解渴、防暑。杯子是大号的口杯，能盛两瓶550毫升的矿泉水。今天出师不利，没走多远，老旧的嘎斯车就出了毛病，为修理它，我们在烈日下等了两小时，所有行程都延后了，水也喝了大半。

“花扇！花扇！”李老师兴奋地说。

真的，戴胜鸟一高兴竟将冠羽打开，棕色羽毛的顶端黑白横纹相间，犹如一把彩色的扇子。因此在很多地方，老乡们只叫它“花扇”。

嘻嘻，那花扇居然颤动了，似是在诉说着茶水的甜美和无限的喜悦。正当我们看得出神时，它却收拢了冠羽，不等我们失落叹气，它又将冠羽打开了，如此五次三番，活泼极了！咳！这冠羽居然能够折叠哩！

戴胜鸟抬起头来，歪着头，轻轻地吧嗒着嘴，似乎还在品尝着茶水的甘美。头上长长的冠羽显得无比别致。没有哪一种鸟有它这样奇特的造型，风韵独特的冠羽——像条辫子翘在脑后，时不时还能张合，以展示它的喜悦。其实云南少数民族兄弟的头饰后也有辫状物，或许就是向戴胜鸟学习的吧！

杯中的水已少了一截，戴胜鸟的嗉囊已鼓得像个球。伫立在烘箱中的我们被烤得脑袋发涨，眼冒金星。可恶的大漠，一丝风也没有。可戴胜鸟还站在杯口意犹未尽。

谁也没有去轰它。

它还在想什么？

# 追　踪

正当脑子里出现这样的念头时，它再次俯下身子喝起水来，还险些掉进杯子里。这次，它打开了冠羽，闪了几下，就收了起来，还抬起头，看了一眼站在旁边的我们，是不好意思，还是感激我们允许它抢走了水呢？

戴胜鸟终于又把头伸向杯中，这次，它没有喝水，而是打开冠羽，把它浸入水中，再缩回身子，抬起头来，站稳之后，它猛然打开冠羽，微微一摆，那茶水就像雨雾一样洒满了全身。它高兴得浑身打战，展开的冠羽如一面旗帜飘拂，之后它又用长嘴蘸水在身上梳理。如此反复五六次，才飞了出来……

正当我们要上车时，它却又折回驾驶台的茶杯上，将长嘴伸进水里吸了又吸，这才飞了出来。

直到看出它毫无返回的意向，我才大喊："快上车。

师傅，跟着它，追上它！”

“干吗？汽车还能跑过飞机？”李老师说。

“别管，很可能跟得上，看看它究竟……”

“你是不是也热昏了？”李老师说。

“太臭了！熏得人喘不过气来。”刚坐到驾驶位上的师傅愁眉苦脸，一副马上要晕倒的架势，连李老师也捂住了鼻子。

在烈日持续的烘烤下，驾驶室的坐垫滚烫，臭味也无疑被加热了，就像烧粪的味道一样。

“这是一只母鸟。你们看到没有？它的翅下有黑斑。雄鸟没有。母鸟在繁殖期尾部会分泌臭液，奇臭！”老梁说。

“快开车，车一跑起来，不就把臭味吹走了。再说，臭也有臭的妙用。”

幸而戴胜鸟的彩色翅膀指示了它的位置，幸而它飞得并不快，有时还要停下休息。幸而这是在原来就“无路”又哪里都是路的戈壁滩上，幸而我们乘的是轮子高大、经得住颠簸摔打的嘎斯车。

师傅把车开得飞快，戈壁滩虽然一望无际，可并不平坦，坑坑洼洼的，颠得我五脏六腑都要蹿出来了。我担心李老师吃不消，要她紧紧抓住我，我则牢牢握住椅背。

“别管我，只要骨架颠不散，我就没事。能跟上它吗？”我问。

“它载重太多了！”师傅打了一个嗝，直想吐。我们又何尝不是被这热烘烘的臭气熏得直反胃？

师傅忍不住抱怨：“水也臭了，车也臭了，人也快臭了。还追它干吗？”

“你不想看故事？这小鸟那样拼命喝水，肯定有故事。不错，大家都喜欢闻香，但也别嫌臭，臭也有妙用啊！臭干子不是都喜欢吗？臭鳜鱼还是徽菜中的招牌哩！香、臭是可以转变的。香过了头，太浓就臭。榴梿乍闻臭，可一块一块吃就香。夜来香初花时很香，盛花时就臭了。”

戴胜鸟又叫“臭咕咕”，它的臭真出了名，但很少有人知道那臭是威力无比的武器啊！

“别神侃了！你只不过是有意说笑，臭还真能比香好闻？”

“不信？我说个故事给你听，只是要认真开车。”

“故事留到晚上再说吧。让他集中精力开车，别把我们都甩到大戈壁上。”

# 空中悬停度食

二十多年前的春天，我到大别山去考察麝的生活习性。麝身上的麝香对于治疗心血管等疾病有神效，非常名贵，麝因此遭到灭顶之灾，滥捕滥猎事件屡屡发生。

当时，我借住在深山区一位老乡家里。那天，在林边的一块花生地里，我看到了一只冠羽华丽的小鸟，绿油油的花生苗，将它棕、黑、白三色的冠羽衬得如一朵靓丽的鲜花，它就是戴胜鸟。

它边走边用细长的、略带弧度的嘴在土里啄食，不紧不慢，很像一位农夫在锄地。它在掏啄小虫，动作很有韵律，引得我驻足看了一会儿。它只是偶尔把目光投向我，大多时候都在专心劳作。当时我的心里多了一层对这位朋友的喜欢。

四五天后，我仍未在丛林中观察到麝。虽然麝是山野中的弱者，生性畏人，但现在是溢香季节——雄麝肚脐后、生殖器前生有香囊，即麝香，麝常常将从香囊中分泌出的白色香块擦在树干上，召唤雌麝，同时又划定了势力范围——按理说，我在林子中跑了这么多的路，应该能发现麝的踪迹。

我心里不禁为这位山野朋友的命运担忧……

有经验的猎人，也在这个季节到林中采集溢出的香块，香块虽小，但积少成多。这是一种非常智慧的办法，既不杀麝，又得到了麝香。如能推广，岂不是可以解决保护与利用之间的矛盾？

有天傍晚，我从山上回来，看到村里已升起袅袅炊烟，如缕缕云丝从绿树中升起。饥肠辘辘的我心情瞬间轻松了许多……

突然，在天空的万千彩霞中，盛开了两朵艳丽的鲜花——啊！是两只戴胜鸟正相向飞行，彩色的翅膀忽紧忽慢地扇动。是的，它们在靠近……

奇了，它们的翅膀骤然加速，快得似乎看不到扇动。

咳！它们居然悬停在空中，右边的那只戴胜鸟将衔在长喙处的一只似是蚂蚱的猎物伸向左边的鸟。左边的鸟准确地接住，用长嘴掂了一下，将送来的猎物吃掉了，还用长嘴在右边的鸟的嘴上碰了两下，然后做了一个鹞子翻身，绕着悬停的献礼者飞了一圈又一圈。千真万确，它还用翅缘在献礼者翅缘充满温情地拍了拍——啊！它们在空中度食？它们是一对情侣！

它们是这样表达爱意的！

具有空中悬停绝技的鸟并不多，给我留下深刻印象的是翠鸟。它是捕鱼能手，平时站在水边的树枝上观察着鱼的动静，一旦发现猎物，闪电出击，一击不中，就悬停在水面，待到鱼放松警惕，再次浮出水面时，狩猎者就会再次出击。

我的鸟类学家朋友并未介绍过戴胜鸟也有空中悬停的本领。是爱情之火，点燃了它们的灵感？

那么谁是男生，谁是女生呢？以我当时的鸟类学知识，还分不清。好在它们在空中，翅膀是展开的，我仰望时，看到了左边的那只翅根处多了一些黑色。

于是我对这两位朋友有了更多的惦记。惦记就是友谊吧！

谁能料想到，在寻觅麝的失望、沮丧、忧虑中，却发现了这两只神奇的小鸟？这发现充满了喜悦！这就是大自然探险的魅力。

我对这两位朋友好奇极了，闲暇时经常跟踪、寻觅它们的身影。皇天不负苦心人！我终于在山坡的林子里，发现了它们的巢。

这对鸟总是从村后一片枫香和麻栎林中进出。这片林子看上去不大，进去之后才发现很深，高大的乔木挤得密不透风，林下是小灌木、竹子、藤蔓，红的、紫的、黄的山花点缀其间。映山红，红得似火；已成乔木的杜鹃花，白得似雪，高雅、端庄。大自然把这片林子布置得这样美丽，却给追踪带来了困难。明明看到戴胜鸟飞来了，眨眼之间就不见了踪迹，真是“乱花渐欲迷人眼”啊！

说来有些滑稽，我为了寻找到麝的踪迹，充分发挥嗅觉功能，到处寻找林中有无麝香的特殊香味，而探查戴胜鸟的巢，却是在林中寻找臭味。

大约是第四天，林中的下滑风竟带来一股臭味，臭味刺激了我的神经。难道前面有毒蛇五步龙潜伏？按理它不应该出现在江北，也没见过或听说过这方面的报道。五步龙的气味我熟悉，它的臭带有腐殖土味，是一种难以言明的臭腥味，而这种臭带着热烘烘的味道。但我还是警告自己要当心，万一是五步龙或同属蝮蛇，被它咬一口，在这深山老林里找谁救护？大别山是有蝮蛇出没的。

我小心翼翼地寻腐逐臭，经过种种迂回曲折，终于发现臭味来自一棵高大的枫香树。树干两米多高处有个碗口大的树洞，妙在洞口还有个节疤，这可能是一个鸟巢。但瞅来瞅去，都未发现洞口或树节上有鸟粪的痕迹，这有违常规。

既然五步龙的警报已经解除，何不贴近侦察？我悄悄地走到树前，臭气熏天，地下根本没有鸟粪的踪影。我无法确定它是不是戴胜鸟的爱巢，也许树洞里只是一只腐烂的老鼠或其他小兽哩！

我隐藏到不远处，等待结果，就像一个考生等待发榜。

一阵鸟儿振翅声将我惊醒。哈哈，真的飞来一朵花，不是戴胜鸟是谁呢？

又一只顶着美丽冠羽的鸟从树洞伸出头来，细长的嘴一下就接住了飞来的戴胜鸟送回的食物。树洞里的戴胜鸟吃完食物，无比喜悦地咕咕、咕咕叫了两声。刚飞来的戴胜鸟翅根处没有黑斑，它是雄鸟。那在巢中的是它的爱妻！

可爱的戴胜鸟！

不到半小时，雄鸟竟然飞回来三次，为伴侣猎食！

谁说小鸟没有爱？

爱在万物之中。只有爱，才能使生命得以传承。

第二天我就去鹞落坪那边了，队长让我去看看那边麝的情况。

# 臭弹击熊

几天后回来，第一件事就是去探望那对朋友。距离戴胜鸟的巢还有一两百米时，我就发觉到林中的异样：林中有明显的被践踏过的痕迹，一棵大橡树下的土地好像被翻掘过……看样子像是野猪的作为。这些家伙是杂食性的，草根，掉在地上的橡实、野果，蜥蜴、青蛙、蛇……它们都吃。从翻掘痕迹看，如果是野猪，很可能是只体形庞大的公猪。

雄野猪脾气暴烈，力大无穷，獠牙锋利，熊、豹子遇到它都退避三舍。过去，单个猎人见到它都不敢放枪。我当然不愿碰到它，更不敢惹它，然而那对朋友又让我牵肠挂肚……

思虑再三，又依仗着多年的山野探险经验，我给自己选了个非常隐蔽、较为安全，又能较好地观察鸟巢的地方，潜伏起来。

说不害怕，那是假的，但看望朋友的心情太急切了。我设想着种种可能发生的危险，也计划着应急措施……

突然，咔嚓一声，犹如响雷搅动着神经。天啊！是只五大三粗的黑熊！它将一棵碗口粗的树掰断了，捋着那上面稀稀疏疏的野果，直往嘴里送，连嫩的树叶都吞了下去。那副吃相实在让人汗毛倒立。我正为自己找了个安全之所庆幸时，却看到了身边的树——糟糕！那上面也长着野果！真是“智者千虑，必有一失”。我的第一反应是抽出唯一的防身武器，山寨版猎刀。谁说我没想到溜之大吉？可当时只想到野猪，所以选了块铺有碎石、小草的开阔地。这样的潜伏地，一旦暴露，那还不是送货上门吗？

黑熊突然侧起耳朵，又深深地吸气，仰起头来搜索一番，就边嗅边听，往枫香树走去。熊的嗅觉、听觉都很灵敏，只有视觉较差，要不然怎么叫“熊瞎子”哩！

它离枫香树还有几米远，就打了个响亮的喷嚏，想回头……

哈哈！你也怕“臭咕咕”的恶臭啊！

我高兴得早了，它又往前走去，眼看就要到树下了。我的心不禁往下一沉——那对朋友要遭殃了！鲜美的肉食也是黑熊所爱啊！

真好！它又转身退回来了……可没走几步，又偏起头来仰望着树上，只那么一会儿，黑熊就又喷嚏不断，但它还是毅然决然地向枫香树走去……

黑熊异常的举动让我非常纳闷，是什么引诱它忍受恶臭，一副不达目的决不罢休的模样？要去抓鸟，掏鸟蛋？按理说，现在正是它的食物较丰富的季节！

它来到了树下，立马站了起来，前腿搭到树干上——可惜它稍矮了一点，但已引起树洞里一阵骚动。它刚想往树上爬，却摇起头，打着喷嚏退了下来，四肢落地，往后退去。还未退四五步，又像人一样站起来，仰头看着树上——不是树洞，确实是树上——时间长了，有些站不稳，它就势放下前腿，义无反顾、坚定不移地向枫香树走去……

树上究竟有什么？竟有如此魔力？

我向树上看去，可枫香树阔大的叶子，像是筑起了很多隔离带……耳边响起了蜜蜂的嘤嘤声。这嘤嘤声惊醒了我。是的，蜜蜂自有严密的组织分工。在空中，还有着一条采蜜归来的通道。我找到了这条无形的通道，终于发现了隐蔽得非常巧妙的蜂巢。蜂巢总有笆斗大！

我心里一喜，明白了黑熊是为了蜂蜜才如此顽强不屈。我可以专心看热闹了！

蜂蜜对喜甜食的黑熊来说，具有不可抵抗的魔力。它对蜜的酷爱已近疯狂、痴迷。哪怕是被蜂叮得鼻青脸肿，也还是只顾掏蜜。据说它在八九百米之外就能闻到蜜的香甜。虽然春天林中繁花的香味、戴胜鸟的恶臭干扰了蜜香的扩散，但它还是找来了。

黑熊拖着长长的馋涎开始爬树了，树洞里叽叽喳喳，小鸟们伸出头来。黑熊刚想把爪子伸进洞里，来点开胃小食，就见七八只小鸟红红的屁股射出了一阵粪雨，黑黑的、黏稠的鸟粪喷得黑熊没鼻子没脸……

黑熊手一松，重重地摔到了地上。这个皮厚肉肥的家伙，翻过身，四肢着地，使劲地在地上蹭着身上的鸟粪。顷刻间，林中弥漫起了恶臭。黑熊摇头摆尾，发疯似的在地上、草上擦着鼻子。眼见着鼻子、脸都已经擦伤了，可它还是发疯地擦……

树洞中小鸟又叽叽喳喳地叫起来。神了，它们的爸爸、妈妈衔着食回来了。两只鸟连忙给孩子喂食，然后一振翅就在熊身上啄了起来。黑熊哪在乎这种搔痒？仍然只顾在地上擦鼻子。突然，那夫妻俩瞄准黑熊的脸，竟相继射出粪团。黑熊一惊，落荒逃窜。戴胜鸟夫妇追了一段，才反身又飞去捕食了。

多年后，一位研究鸟类的朋友告诉我：戴胜鸟孵蛋时，

不像别的鸟将粪便排到巢外，而是排在巢内，任其堆积。雏鸟也学着父母的样子照办。鸟巢的恶臭就可想而知了！于是，民间传说戴胜鸟是厕神。就在这污秽不堪的巢中，雏鸟们个个茁壮成长，无灾无病！

难道那恶臭也是一种神奇的防卫武器，对它们毫无影响，还是上苍赋予它们的生存之道？

# 给 水

车停下了。我们迫不及待地跳下高高的驾驶室，向戈壁滩上稀疏散落的几棵树奔去。树边是一片浅浅的洼地，想来春初融雪时，那里曾积蓄了雪水，但现在早已干涸，龟裂的地上还印着曾来这里饮水的野驴、鹅喉羚、原羚、野骆驼的足印。

戴胜鸟也没想到今年特别干旱、酷热？

那只抢水的戴胜鸟的巢在一棵枯树的裂缝中，它对我们的到来并不惊恐，或许是因为我们未曾驱赶它。其实，它是无暇顾及我们，在这干渴的大漠中，在这烈日炎夏中，它快速、紧张地将细长的嘴伸向孩子们张着的嘴巴里，给它们分享带回的甘泉。

水，是生命的源泉！

孩子们稍稍安静了些，可还是有三四只吵着、嚷着，用嘴在妈妈的腿上啄着。妈妈钻进巢中，用翅膀和羽毛在孩子们身上蹭着，抚摸着，是让它们沾点潮气？

它们似乎并不臭……

我将茶杯从车中拿出来，走到巢下。正在左顾右盼时，师傅已找来一块扁石，在地上挖了个坑。李老师将塑料袋铺在坑里。我感激地看了他们一眼。

我将杯中的茶水全部倒进坑中。李老师、老梁也把所有剩下的水通通倒进了坑中，都只有小半瓶——自看到小鸟抢水后，尽管口干舌燥，可谁也没有再喝一口水。

戴胜鸟毫无顾忌地飞下来，衔水、喂儿……

“明天我要送一桶水来。”师傅说。

# 蘑菇圆舞曲

# 朝拜托木尔峰

虽然心急火燎，但我仍然不愿放弃朝拜天山主峰。我们多次和天山相伴而行，却未能见到天山至高无上的尊容，没有见到天山神秘的生物世界，这哪里说得过去？再说，那里也是雪豹的故乡，说不定还有好运等着哩！后来，我们是多么庆幸自己做了这个决定啊！

今年，我和李老师从北线攀登帕米尔高原，一路寻觅雪豹的踪迹，直到雪山之王的宫殿——祁连山。我们在祁连山寻觅了很长时间，但还是没有见到它的踪影。过去在这里，雪豹的身影并不罕见。后来我们又接到去年在塔什库尔干塔吉克自治县结识的牧民朋友的信，他催促我们尽快赶到帕米尔高原，说是已发现了我们想见的最为神秘的朋友。时间紧迫，原想在库车倾听古龟兹国流传的民歌——那是很多音乐人毕生的向往，看来只

能留待下次了。

托木尔峰国家级自然保护区坐落在阿克苏地区温宿县。阿克苏地区在塔克拉玛干大沙漠的北缘，是古丝绸之路上的重要通道。托木尔峰是天山山脉的最高峰，海拔 7443.8 米，平均海拔在 4000 米以上，6800 米以上的高峰就有五座；东西长 105 千米，南北宽 28 千米。那是一个壮观的冰雪世界，冰川浩荡，雪峰林立。

保护区来的向导是位矮胖的男子，腆起的肚子像个沙丘。我心里不禁想：他能爬山？

# 仙果蟠桃

车开到温宿县郊外，顿时空气中弥漫起浓浓的醉人的果香，馋得司机都开不动车了。

八月，正是南疆瓜果醇香的季节。

好大一片桃园！得有几十亩，树上挂满了金黄色的蟠桃，个头很大，色泽鲜艳。蟠桃与常见的白桃、黄桃、水蜜桃的形状迥异，它是扁的，犹如一个盘子。可它为何要长成这样？

生命形态的神奇变化，常常使人们想到很多生命的哲理。

“朋友，到园子来尝尝吧！”正在采桃的果园男主人热情邀请。

李老师早已到了桃园，却只是看着桃子，并不动手。“太美了，美得像是艺术品，像是假的。看，桃子是金色的，溢满了蜂蜜般的黄，果蒂的四周还泛着红色。真不忍心摘下。”

果园的女主人豪爽地伸手摘下，送给了她：“亲口尝了，才知道真正的味！拣熟的摘。”果皮很薄，手一撕开，黄色的果肉立即溢出蜜珠。

“真比蜜还甜，比蜜还要香！”赞不绝口的美誉响彻了桃园。

蟠桃进入我的视野，始于少年时期读《西游记》，蟠桃神奇的增寿功效，孙大圣尝蟠桃的快乐，王母娘娘用蟠桃宴请众仙的场景……总之，蟠桃留给我的是无限的神奇。成年后，见到其他地方产的蟠桃，只是觉得它形状特别。直到吃了这里的蟠桃，才揣摩出写《西游记》的吴承恩，为何能将蟠桃写得那样神奇——他肯定是吃过从西域来的蟠桃。

其实，在古代神话中，蟠桃是仙桃，据说它三千年才开花，三千年才结果，寓意长寿。也许这就是人们送桃祝寿，又把它称作寿桃的原因。

可是，另一个疑问又冒出来了，无论是电影，还是京剧《大闹天宫》中的蟠桃，都是我们常见的圆球形的桃子，是导演失误，还是所有桃子都可称作蟠桃？

它还怪在明明是植物，却用了“虫”字旁。其实，“蟠”义为盘曲。那么，蟠桃就是盘曲的桃子？

女主人不断送来桃子，我们大快朵颐，又忍不住说着孙大圣大闹王母娘娘蟠桃会的趣事。桃园男主人一边乐呵呵地采桃、装箱，一边像老朋友般与我们攀谈。

果园主人是一对中年夫妇，来自四川的达州市达川区，在这里承包了20亩果园。冬去春来，跋涉于新疆和四川之间，几年的辛勤终于迎来了今年的丰收，夫妇俩乐得脸上开了花：“今年回家能盖新房子了。儿子的学费也不愁了。”

听得我们心里也溢满了幸福感。

胖向导说：“这儿几年前还是荒凉的戈壁滩，那边的

核桃林也是。先是栽种杨树，筑起防风防沙的护林带，才能种果树，现在已是万亩果园了。”

我们在南疆走了两年，几乎每个县都有富有特色的果园：若羌、且末的大红枣，于田、皮山的红石榴，伽师的蓝莓，莎车的巴旦杏，库尔勒的香梨……更别说处处都有的甜瓜和葡萄了。

南疆昼夜温差大，为各种水果制造醇香糖分提供了

得天独厚的条件，这就是同是梨、桃、枣、杏、石榴，为何新疆的品质更好的根本原因。这里是自然优越的生物圈。离开了这个生物圈，它们虽然还叫着梨呀桃的，但是已经变味了。然而在戈壁上开荒种果树要比内地艰难得多！

付钱时可费了些周折，主人说什么也不收。“哪有到果园吃桃子要给钱的规矩？我们这里是不卖桃子的，它早就被果品公司包销了。”

还是李老师有办法，将钱放到园边他们住的棚子里了。

离开果园不久，车就向北驶入荒漠，绵延的天山横亘在蓝天之下，时而能远眺托木尔峰，它如一位披着银铠的天神，矗立在云霄中，凌踞万山之上，被无数的雪山簇拥。

# 雪白、山红、水红

离开了主干线，径直向天山奔去。瓦蓝的天空，雪山银光迸射，淡淡的红光弥漫，墨绿的云杉林下，青葱的草地，星星点点的湖泊……西部高山的经典美景。

刚进山口，一条赤红的小溪迎面奔来，阳光下是那样的鲜红。胖向导一定是看到我惊喜的神色，得意地说，更美的在前面！

绵延起伏的红色山峦令人炫目，其上是林立的雪峰、蓝莹莹的天宇、飘忽的白云——蓝的、白的、红的，色块累积成厚重的壮美无比的雕塑！我们静静地伫立在那里，热血沸腾。

那年，我们在库车大峡谷，道路两旁全是红彤彤的山岩，山岩如城如堡、如楼如阁、如虎如龙，魔幻至极！大自然就是这样创造着美！

是的，谁说山体不能是五彩的？红色的、褐色的、银灰色的，山岩总是焕发出神秘的魅力。

“还能是火焰山？”

胖向导笑了：“那是盐矿，正在开采。”

“这里也有红盐？”李老师在青海的囊谦参观过红盐场。

胖向导说：“不是，是岩盐矿，白色的像大石块。你们没看到红山外面，有的地方蒙了层盐霜吗？托木尔峰自然保护区内矿藏丰富。”

后来，我们终于看到了采出的矿盐，块状，如水晶一般闪亮、透光，这就是让人称奇的“水晶盐”。

赤红的小溪，早已留在身后。爬山了，路也盘旋起来，又有一条小河相迎，可水是灰白的，它应来自冰川，冰川的融水才带有石屑、石粉。

路虽崎岖，但一弯一重景色，倒也不觉颠簸难耐。

到目的地了，几幢房子立在山崖上。

下了车，我们就急忙做着登山的准备。胖向导说用

不着这样紧张，走不了多远。

当时，我忽略了这话的含义。

登山的路，其实是沿着一条湍急的山溪向上，路很陡，多是巨石。胖向导一再告诫我们要小心，说："别看山溪不宽，但水很深，水流又急，河中都是大石。去年一头小牛犊掉下去，立即被水冲到下面了。喏，冲到那个弯子处才被大石挡住。救上来后，遍体鳞伤，都是石头撞的。"

脚还没有走热，前面却没路了，山溪隐到黑黑的陡峭巨崖之中。胖向导站住了。

“走呀！”我催促。

“往哪里走？”

“托木尔峰呀！”

“托木尔峰？在这里看不到托木尔峰。远着哩，高着哩！很少能有人登顶成功。”

“山脚下也去不了？”

“我们不就站在山脚下？保护区面积大，地形非常复杂。自1977年，中国登山科学考察队刘大义等27人成功登顶以来，此后几十年间托木尔峰几乎无人涉足。它比珠穆朗玛峰还要神秘！”

“那我们到这里……”我也一时语塞。

“这儿是托木尔峰自然保护区的一个管理站。到不了托木尔峰，总算是到了它的保护区吧。其实，它只能远眺，无法接近。高贵的人都是这样。”

是我的疏忽……

但我想既然已经到了保护区，当然要走走看看，说不定能看到雪豹留下的蛛丝马迹，有意外的收获。再说，远处一片草场，正在阳光下熠熠生辉。眼下的八月，是高山花卉最为艳丽的时刻。

胖向导很不情愿，总是说路太陡险了，猛兽熊呀狼的，这时都下到海拔低的地方觅食。他要负责我们的安全。

他的话无疑是动员令，我们千里迢迢跑到这里，不就是要拜访在这里生活的山野朋友吗？

我寻到了一条小“路”，又跳又蹦又爬，往上攀去，李老师从来都是我最忠实的伴侣，紧跟上来。看到胖向导还站在那里不动，我说：“你回去吧。我们一会儿就回来！”

他却紧走了几步追了上来。

一只兔子飞蹿，像是被谁追击。天空掠过黑鹰巨大的翅膀，它倾斜着身子俯冲下来，眼看兔子已隐蔽到草丛中，它只好一抬身子升入高空……

根本没有路，看来连保护站的人也很少到这里来。我们只能在乱石中走走停停。好在那片绿得耀眼的草地

在召唤。

我们刚爬上一堵巨崖，那片草地就在下方，一阵咯咯咯的声音传来。

我反身抓紧李老师的手，把她拽了上来，又连忙示意胖向导停在原处。

雄壮的咯咯声又接连响起，像是在呼唤。

“是什么？”

“不会是大家伙。”

妙，四五只小家伙由草丛中跑了出来，往发出咯咯声的地方奔去。在似乎是蒲公英的花丛中，伸出来一个头，羽毛的边缘有黑色的纵纹……

“是鸟？”李老师问。

# 雪鸡所爱

等到我看清了，不禁小声惊呼 :“雪鸡！”

雪鸡是国家二级保护动物，由于民间传说它是治疗妇科病、小儿惊风等的特效药，因此被偷猎者无情猎杀。雪鸡很美，它比家鸡的体形要圆，背羽棕褐色，羽缘曲线上有花纹点缀，身上大块的白斑像雪莲花绽放。

在西部走了十多年，我们还是第一次这样近距离地和它相遇。

“雪鸡？国家保护动物，雪鸡？！”

“错不了。注意看！”

小鸡们已争先恐后奔到老鸡那边，抢着它嘴边的一个圆圆的、白色的东西，像个乒乓球。在玩耍？不对，它们连连啄食……奇怪，原以为是老鸡找到了美味小虫 。

“喂，出了什么事？”那声音大得像是炸雷，震得耳底响。

转眼间，老鸡带着它的孩子们蹿入了灌木丛，只剩枝枝草草在晃动……

我恨不得提起脚来把胖向导踹下去！

胖向导正猴急地往崖上爬，可他肚子太大了，拖住了攀登的脚步……

“你以为你是帕瓦罗蒂，顶极男高音？你把表演的舞台搞错了吧？”

“喊了几声，你们都不拉我一把。”他还挺委屈！

不错，我确实听到他在往崖上爬，可哪有闲工夫去管他！

一听说是雪鸡，他也悔得连连拍打着脸颊："我也没见过这宝贝呀！可惜，可惜！"

我扶着他跳下，就快步走到雪鸡刚才出现的地方，眼睛瞅着地面。

"想找它们的窝？妄想，小鸡们都出来了。"胖向导说。

蓝花葱上有它们啄食的残痕，还有珠芽蓼、蒲公英都被啄食过。刨起的泥土中，有个块茎状的，是蕨麻！那年我们在青海玉树，朋友们称它是地参，说是大补，用蕨麻熬粥，嚼起来绵绵的，有股甘甜的药香。

草地上还有好几种植物我不认识。可刚才的气未消，我不想问胖向导。

"你们是在了解雪鸡的食性？"

他主动搭话，何不给他个机会。

"这是多枝黄芪，那是鹅冠草……它吃的可都是好东

西，中医都拿来当药用。要不，它能那样金贵……”他像是恍然大悟，“你们想找虫草？”

“扯哪儿去了？”

李老师有了兴趣：“你说的是现在卖几万元一斤的冬虫夏草？”

“对呀！上山挖虫草的人，最喜欢先找雪鸡扒拉过的地方。它特爱吃虫草，也很会找虫草，这也使它的身价飞涨。所以嘛，它扒拉过、刨过的地方，肯定能找到虫草。”

这家伙肚子里也不全是花油（脂肪）。

草地在保护区内，没有羊群、牛群的侵扰，洋溢着天然的、纯朴的、野性的味道。

桃红的、金黄的马先蒿总是喜欢扎堆，形成厚厚的色块，将淡紫色的报春花、洁白的点地梅、鲜红的红景天、柠檬黄的虎耳草烘托得格外灿烂。

野蜂嘤嘤，蝴蝶翩翩，还有飞来飞去的各种昆虫，将天地渲染得有声有色，散发着沁人的馨香。

“咳！你看到什么好景象？”

李老师的一声招呼，将我从陶醉中唤醒。我摇了摇头，双手在脸颊上用力搓动，才大步向雪鸡召唤它孩子的地方走去。

我捡起小鸡们啄食过的残渣，反反复复端详，我的惊奇不亚于哥伦布发现了新大陆：居然是蘑菇！

肯定是蘑菇！草丛中还有小半个，白色的，难怪远远看去像乒乓球。

“雪鸡最爱吃蘑菇呀！”

胖向导的话提醒了我。是的，很多蘑菇是人类孜孜以求的美味，那为什么不能成为这些山野朋友的美味？

我突然想起在卧龙“五一棚”参加大熊猫考察时的一件趣事。那天考察途中吃干粮时，一只小松鼠总是来要吃的，刚给了它半块饼干，眨眼工夫又跑回来了。我说这家伙太贪。胡锦矗教授说：“你冤枉它了。”

为了给它平反，胡教授找到了松鼠栖居的巢——一棵大铁杉树干上的洞，那里不仅有它刚运回的饼干，还有橡实、榛子、松子，竟然还有好几个已经晾干的蘑菇……简直是个粮仓啊！

“它是储粮过冬嘛！”

是的，起初人类不是向其他动物朋友学习生存之道吗？说不定正是它们教会人类在大自然中辨别食物哩！

“你看看，快看！”李老师双手捧了一堆蘑菇送到了我的面前，白的、黄的、肉色的……

这一发现，带来了一串串的惊喜。真的，这里那里都有蘑菇，就在几步远的地方，有个形状特别的蘑菇立在草丛中。

“很像羊肚菌呀，怎么有些黑呀？”李老师也发现了。我们在湖北的石首、在四川的青川，都采到过羊肚菌，那色泽和象牙相似，就像陨石上布满一个个气孔，简直是件艺术品。特别是在青川追踪扭角羚的途中，胖向导向我们展示了山里人特殊的烹饪方法：将馒头烤得黄灿灿、酥脆喷香，夹上烤好的羊肚菌，那味道鲜美得连眉毛都在跳舞。

在乌头、桔梗、针茅、鸢尾的草丛中，这里那里都长出了花褶伞、马勃、牛肝菌、鸡枞……还有种白色的像马勃，似乎就是雪鸡吃的……我叫不出名字，胖向导说：“鸟最喜欢吃它，我们叫它小鸟蘑菇。”

我对蘑菇世界感兴趣，说得俗一点是因为“好吃”，时髦的说法是“美食”。儿时，一个雨后的傍晚，我在塘边柳树上看到许多蘑菇，它们灰色的菌盖像撑起的小伞，于是采了回来。妈妈用它炖豆腐，那种鲜美至今还留在唇齿间。

以后吃过种种做法的蘑菇，特别是云南、贵州有些地方的老乡，将它和辣椒一起炒，这样，反而遮盖了蘑菇的鲜味。我至今依然认为蘑菇必须用豆腐炖才能充分发挥其鲜美。

后来，我对蘑菇世界的兴趣来自它的特殊本领。大

自然能化腐朽为神奇的例证，首推蘑菇。

一位林学家曾对我说过：在原始森林中，自然的规律是老树枯倒，新苗茁壮。如果没有谁来消化倒地的枯木，年年落下的树枝、树叶就会把森林变成垃圾场，新树也无法长出。靠谁来完成这新陈代谢呢？蘑菇！

蘑菇属真菌，它吸收腐木中的养分，再幻化出千姿百态的蘑菇——供人类和动物享用。

1983年，我跟随综合考察队伍对皖南牯牛降国家级自然保护区进行了考察。一次偶然的机会，我在大雨滂沱中，孤身一人走了几小时，探察了蘑菇世界的奥秘，于是写出了《金色的网伞世界》。

阳光下，远处的山坡上四五个硕大的似是蘑菇的物体，仿佛天外来客……

# 天外来客蘑菇王

是玉石，还是蘑菇？珍奇的和田玉不就出产在它的对面——塔克拉玛干大沙漠南面的昆仑山吗？

“别只顾采蘑菇了。”我拉起李老师就向那边跑去。

“等等我。”胖向导叫着，沙丘样的肚子实在是登山的障碍。

到了眼前，我们都惊呆了。

“乖乖，比斗笠都大！”

确实不是玉石，一点不错，是蘑菇，但它确如白玉晶莹。

这个我认识：白马勃。

但又不敢肯定。我在青海的孟达采到过，在沙漠中的沙窝子里也采到过，可它们最多也只有这些马勃的几十分之一大！

“马勃，马勃！”胖向导大叫大嚷，不知哪来的力气，蹿上去就把那个最大的采了下来，双手抱起。咳！你看他那架势——抱起的马勃，居然放到了沙丘般的肚皮上——谁说这肚子尽是累赘没用处？

那蘑菇菌盖直顶着他的下巴，顶得他笑开了花的胖

脸都变了形，雪白的蘑菇、通红的脸、使劲瞪大的小小的眼睛……

“它的直径最少有三四十厘米！快放下，沉吧？还要爬山哩！”李老师是厚道人。

可他就是乐呵呵、笑嘻嘻地抱着。

看他这架势，李老师也跃跃欲试要去采那几个。

“算了吧，留着它们在这里生儿育女吧！给后来人留着这道特殊的风景吧！”我说。

那天在巴音郭楞蒙古自治州（简称“巴州”），小王向我说，在天鹅故乡巴音布鲁克，现在连蘑菇都贵到100多元一斤，天价！因为都听说那里的蘑菇特鲜美，谁来了都去采，现在已经很难见到野生蘑菇了。能把蘑菇采绝了种，也算一大奇景吧。那年，我们在那边看天鹅，顺手就能拾一小盆。

是的，我从没见过这样大的蘑菇，应该可以称王了。记得在丽江老君山追踪滇金丝猴时，见过一个跟大号菜盘一样大的红菇。现在纪录被刷新了。

李老师问：“这样大的马勃还能吃？”

“大概不能吃了。嫩马勃的味道有点像鲍鱼菇。”

李老师对胖向导说：“累不累？那还不赶快放下，又不能吃！”

胖向导说：“这你就不懂了，它是不能吃了，但更金贵了。现在没法打开给你看，它里面装的全是孢子粉。这个粉是止血、消炎的特效药哩。拿瓶子装了，急时能救人哩！那年，我亲眼见的，村里宰羊人，用刀砍了手，血喷得老高的，就是把这种粉撒上，血立马就止了。”

蘑菇并非都是美味，含有剧毒的蘑菇并不在少数。报上也经常见到误食毒蘑菇致命的报道。在殖民时代，南美的殖民者贪求蘑菇的美味，但又害怕有毒，因而残酷地设置了试蘑菇的黑奴，由他们先试吃。其实，在人类的早期历史上，吃蘑菇也具有“拼死吃河豚”的意味。至今，在世界上一些偏远地区的部落中，聚会时，头领

还要动用一种蘑菇专门招待部族中人——食后会产生幻觉，飘飘欲仙……

看着这片神奇的草地，越看越觉得其中似乎隐藏着某种玄机。这种奇怪的感觉涌上心头，怎么也挥之不去。

我快步向高处攀登。估计已到了中央地带，选择了高处，俯瞰……

那玄机正在招手。

# 充满玄机的蘑菇圈

我向李老师招手："看那里，紫苑花开得特别艳……"

李老师眼光一会儿从这里转到那里，一会儿又凝神沉思。

"再看看，形状，草地的形状。"

"嗯……像是圆圈。是的，墨绿的草围起的一个个大大小小的圆圈，圆圈上散布着耀眼的'星星'……咳！还真像'麦田圈'。这是蘑菇圈！不是草圈……"她激动得语无伦次了。

"不就在你眼前吗？"

"你还记得那年在南非，从飞机上看到田野上一个个大圆圈奇怪极了。后来你也说过……"她开始揭短了，后来我们考察农庄时，看到长臂喷水管围着轴转着给菜地洒水时，才发现那庄稼的田地就是圆形的，我俩相视一笑，嘲笑自己妄加揣测了。

我拉起她猛地跳下，往那边跑去。

这个圈子像是正圆形，直径有五六十米，由特别茂盛的草和蘑菇围成，草不仅长得高，而且油绿、生机勃勃，蘑菇像是牵手排队，圈线有宽有窄，蘑菇又多又大。

起初，是油绿的草圈吸引了眼球，圈线上的花无论是黄的、蓝的、红的，都特别艳丽，犹如大地编织的巨大花环。看那草丛中星星点点的蘑菇，才开启了蕴藏的玄机。

花环、蘑菇圈在飘荡、在飞旋，如彩霞溢满山谷……

这个猜想被证实了。继续观察，发现这些蘑菇圈的形状不尽相同。左上方的一个像是幼儿园小朋友画出的，凸起一块，凹进一角。右下方竟然像马蹄形，更怪的是有一块像带子，似是有条彩色的山溪流过……

蘑菇原本就是童话王国中的主角，形象千姿百态，在魔幻的世界充满了天真、神秘。毫无疑问，它们引发

了奇思异想……

“哎，别傻想了，我们好像见过这种蘑菇圈。只是没有艳丽的高山花卉、碧绿的草丛衬托，所以才不像这里，美得像一个梦境。”李老师说。

“在哪里？给个提示。”

“那年我们从黄河源的玛多去玉树的路上，还记得吧，过一处草原时，路边有很多孩子端着满盆的蘑菇卖！”

“不错。”

“我就是在那里看到的，在牦牛帐篷那边，有段距离，当时就觉得奇怪……”

“我也想起来了……好像在呼伦贝尔草原也见到过，只是当时的心思不在这方面。”

“那你说说看，这个蘑菇圈是人为的，还是真的童话世界？”

我扑哧笑出了声，真有她的！

其实，我正在想这自然造化的神奇力量。

虽然这种蘑菇圈罕见，但也不是只出现在这里。这说明有规律，有规律就有形成规律的原因。

蘑菇圈中还隐隐约约有另一种现象，使它好像是个车轮——圈内似是有着一根根辐条……

从我认识的看，一段圈子上长的是种白菇，它就明显有条来自圆心的射线，而线条正是由白菇组成……

蘑菇化腐朽为神奇的力量，来自它的菌丝，菌丝能将木质素等有机物分解，化成营养吸收。

有种可能：就是这种蘑菇的菌丝有着辐射的习性——向外扩张领地，繁衍后代。

生物学家说过，一切生物的至高无上的目的，即是复制自己的DNA，创造新的生命。

我将这一发现指给李老师看，她说："真的，还真有一条条辐射出来的线呢！它们也像一些草本植物，每年都有枯荣？"

"对。冬天，菌核就藏到了地下冬眠了，待到来年春天气候适宜时再长。"

"草怎么也长得特别好呢？还能是也有伴生的特点？"

"还记得我们在云南去古驿站的路上见到的水冬瓜树林吗？"

"还拍了照片哩！就在秃杉林的靠河边的那片，都长得直溜溜的，总有二十多米高，胸径倒是不大，只有八九厘米……"

"对，对！独龙族的老乡特别喜欢在营地上先栽种它，两三年后再种庄稼。说是水冬瓜的根像黄豆根，有固氮的功能，土地肥沃……”

“也就是说，草长得好，也是真菌的作用。菌核死了，化成了营养，草吸收了，长得能不好？草本植物的枯萎又给蘑菇带来了营养！”

“这就是这个生物圈中蘑菇与草、花相互转化，一荣俱荣、一损俱损的关系。”

“那，那……它们怎么到这儿就不再往前走，倒是形成了圆圈呢？”

“你以为我是植物学家？我只是在瞎猜，你可别被忽悠了。尽管说不出原因，反倒说明了它的神奇。”

“植物世界的奥妙多着哩！名贵中药肉苁蓉、锁阳，就是在大戈壁和红柳结下了不解之缘，采药人总是到红柳树根处寻找它们的踪影。天麻和密环菌的亲密更是人们津津乐道的事。”

“还记得我们在西藏红拉山寻找滇金丝猴时，遇到采

松茸的人，在云南德钦夜晚探访松茸交易市场吗？松茸就是只产在针叶树和阔叶青枫树混交林中的……”

“经你这么一说，还真长了学问哩！”刚才一直没动静的胖向导说道。

我们在草地边的林子中，还看到了金黄的鸡油菌——一种奇妙的、长得像荷叶般的蘑菇。胖向导说：“它的味道鲜美极了，像大树杜鹃花的花盘那样——二十多朵小花形成了一个花盘——几十个菌体抱在一起，一采就是一大蓬，好几斤重哩。”这可把胖向导难住了，放了大马勃不甘心，丢了鲜美的蘑菇舍不得，好像“顾此失彼”这个成语就是为他创造的。

记得曾见过一则报道，说是某国某地建立了一座蘑菇公园，培育了各种观赏蘑菇，还有蘑菇的各种制品。若是能请一些菌类专家来考察、设计，建立一个天然的蘑菇童话王国，那将会吸引多少游客？肯定会是一处生态道德教育的基地。

# 是冰山来客？

下到石坎子，李老师看着草地上的印痕不走了——

几条动物的抓爬痕迹非常明显，地面像是被犁过的一般。

是哪位朋友的杰作？

野猪？它是杂食性的，草、蘑菇一概不拒，但它是有蹄类的，地上没有蹄印，可以排除有蹄类的可能。

这确是野兽的足迹，就在抓爬痕迹的松土旁边，不清晰，还有残缺的、模糊的掌痕，还有两个似是而非的印迹……

是狼，是熊，还是狐狸？

“熊！黑熊、棕熊这里都有。这掌就是熊掌。快撤吧，碰到它们麻烦大了。又凶又狠，一巴掌能把脑壳子拍炸。我们已经离保护站很远了。”胖向导脸色都变了。

就算是熊吧，大白天的也用不着这样慌张，何况心里已隐隐有了感觉，为了证实，赶忙问李老师："那年在福建梅花山自然保护区，见到过这样的抓爬挂痕，你还记得吗？"

"对，像是见过。是照片，华南虎爬挂的照片。真有些像哩。"

我高兴得几乎要跳起来："雪豹！可能是它留下的，都是猫科动物。"

"你想见雪豹想疯了。怎么可能呢？雪豹是食肉动物，它跑到这草甸子干吗？还能是换换口味吃草，吃蘑菇？快撤，我们三个人绝不是老熊的对手；就算是你说的雪豹，也不是对手！"

脸涨得通红的胖向导居然放下了一直抱着的宝贝大马勃，一副就要跑的架势。

"连这宝贝也不要了？别急，听我说完再跑也来得及。我问你，托木尔峰地区有老虎、金钱豹吗？"

胖向导瞪着小眼睛："没金钱豹，虽没老虎，倒是听说过。多少年前，总有百把年吧，一个外国探险家在新疆考察，说是塔里木河的胡杨林中，老虎比狼都多，可新疆虎早已绝迹了。"

于是，我告诉他，我们在福建参加过对华南虎的考察。华南虎喜欢在山上的哨口，用爪子在树干上抓爬，撒尿，考察队虽没亲眼见到老虎，可拍了不少抓爬后留下的爬挂的照片。

动物学家说，这是华南虎标志领地的习性，警告同类不要侵犯，当然也是召唤异性的信号，还说猫科动物都有这样的习性。

照片上的爬挂和这地上的痕迹很像，既然这里没有老虎、金钱豹，那只有一种可能，

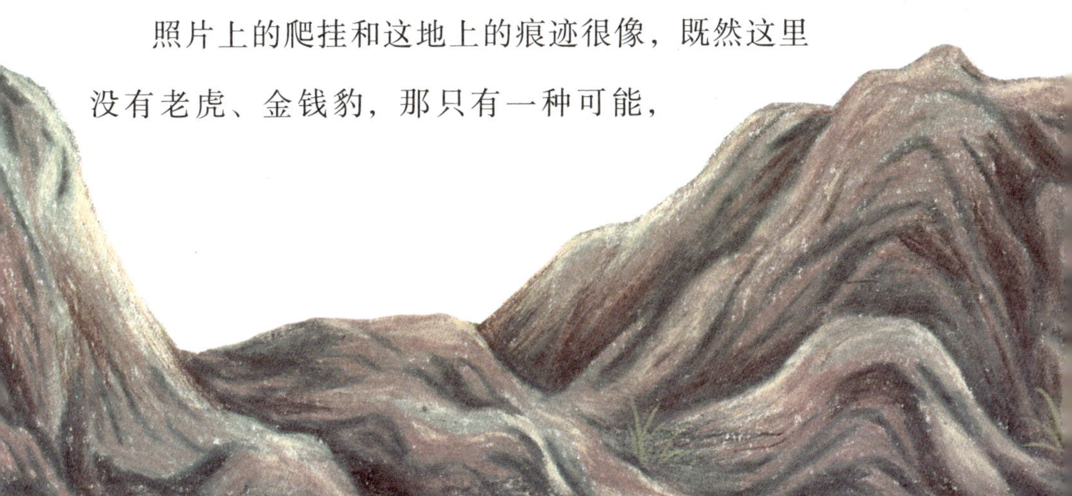

不是雪豹是谁呢？

胖向导眨巴着小眼睛："雪豹吃草，吃蘑菇？"

我笑了："这可是个小秘密。不能跟你讲，一讲就不灵了。"

"别故意装深刻了。那你把它撒的尿找出来。"

这不是刁难吗？可倒是提醒了我。我真的寻找起来，也真的有了收获：在一块黑崖上，有着一片油样的痕迹。我凑到近前先是用手招来气息，闻闻，没有结果，干脆俯下身子趴到那上面深深吸了几次……咳！还真有些野兽的腥臊哩。

我要胖向导也去闻，他认认真真嗅了几次，不说话了。

说实话，这不像是尿渍。尿液不可能是油状物。但我参加过对麝的考察、对黑鹿的考察，这两位山野朋友，都有把从肛门附近分泌出的一种油状物，擦在树干上的习性，标识自己的领地，留下招引异性的信号。

但我没有把握，雪豹是否也有这种分泌腺，或者是有这种习性。

至于雪豹是不是吃草，吃蘑菇，倒确实不是故弄玄虚。多年前，我在深圳动物园碰到一位朋友，他曾研究过雪豹的人工繁殖。在那之前，世界上只有两三个国家的动物园，成功地进行了雪豹人工繁殖。那位朋友的研究一直进展不大，后来还是听牧民说，雪豹在野外是食植物的，是营养的需要，于是他改变了饲料，加入了草，终于成功了。

发现的喜悦，让我激动万分，我马上就沿着爬挂的踪迹去追寻雪豹。然而没走多远，就再也找不到雪豹留下的痕迹了。再说，以我们三人和现有的装备，也不可能再深入高耸的雪山。

但最少可以证实托木尔峰有雪豹。这已足够了。

更重要的是，一个崭新的故事，将在这儿上演了！

探险中的机遇往往是可遇而不可求的。

# 蘑菇圆舞曲

心里响起了圆舞曲，欢快、热烈，我和李老师悄悄地向蘑菇圈走去……蓝月当空，山色朦胧，草地上篝火噼啪作响，萤火虫闪烁着灯笼，虫儿们放开嘹亮的歌喉。在繁花似锦的草地上，红衣白裙的蘑菇仙女们撑着圆伞手拉着手，翩翩起舞……

啊！蘑菇圈鲜活了，她们乘坐在旋转木马上，花环缭绕，旋律忽而舒缓，忽而激越欢快，忽而如山溪蜿蜒，忽而如火树银花飞溅……赞颂着生命的美丽。

恍惚中，红衣小仙女拉起李老师，李老师拉起我，融入圆舞曲中……

# 雪豹小兄妹

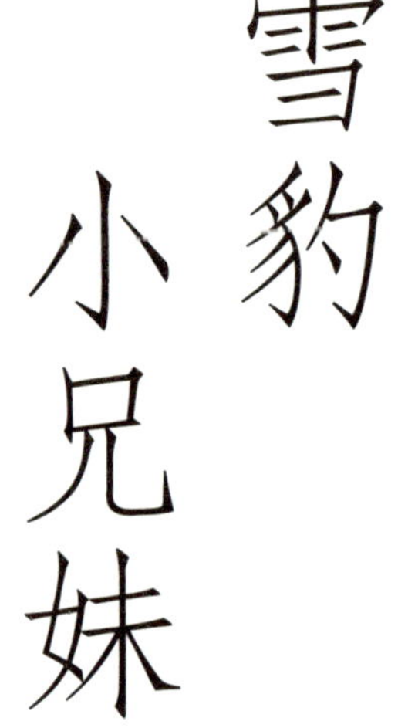

# 老友桑格拉

傍晚，刚从彩色的焉耆盆地回来，端起茶杯，小王的手机响起了急促、清脆的铃声，大家一惊。

“桑格拉回来了。在野生动物救护中心等你哩，刘老师。”

消息来得太及时了，否则又要与桑格拉失之交臂了。因为明天一早我们就要离开这里，大家纷纷猜测桑格拉怎么去了救护站。

桑格拉是我和君早去年从南线走向帕米尔高原时结识的。那也是一个傍晚，我们正在青海省花土沟油田和几位朋友商量着第二天去闪电谷——只要有一片乌云飘来，满山谷霎时间电闪雷鸣，就连空气也弥漫着浓浓的焦煳味。一个从新疆巴音郭楞蒙古自治州打来的电话打断了我们，电话那头说他是保护区的桑格拉，已经到了若羌，要我们明天赶去与他会合，他将担任我们从若羌到和田的向导。我和君早这次行程的目的地毕竟是帕米尔高原，尽管闪电谷无比诱人，也只好放弃。

第二天我们从青海花土沟油田出发，经过石棉矿不久，就开始翻越阿尔金山，在新疆的若羌县一处枣园里，我们和桑格拉会合了，若羌的枣又大又红又甜。那次旅程让人难忘的是，我们在塔克拉玛干大沙漠，突然遇到了沙尘暴——沙尘像一面上杵天下杵地、没鼻子没脸、平平的断崖向你排山倒海地压来，接着就如沉入沙海——连桑格拉也惊得傻了，好在也就那么一刹那，他恢复了镇静，将车头对准沙尘暴停下。车子摇晃着，如颠簸在峰谷浪尖。幸而沙尘暴持续时间不算太长，我们才躲过一劫。同患难的友谊是难忘的。前天电话中他说要去接我们，可在机场看到的却是小王，他说桑格拉接到一个案子，刚下去了，我有点失落。

赶到野生动物救护站，却不见人。小王大喊两声，才见桑格拉从居民楼里出来。老朋友相见的欢乐驱散了他满脸的倦容，桑格拉扑上来，和我紧紧地拥抱。我介绍了李老师之后，他就要我们快进屋。

“这不是胖子家吗？”小王说。

一进门，李老师惊呼：“雪豹！”

我的眼睛一定瞪得像铜铃，屏息凝神站在那里。

一对笑容可掬的年轻夫妇，一人抱了一只小雪豹——灰白的底色上布满了黑色环纹——迎接客人。两个小家伙乖巧地依偎在他们的怀里，好奇地注视着我们。

桑格拉憨憨地站在一旁，满脸是我熟悉的极富感染

力的笑容——纯洁、坦诚、豪放、欣喜。我还读出了一丝欣赏。

是的，他应该在欣赏亲自导演的戏剧所产生的欢乐。

我给了他一拳："你这家伙……"

他只是嘿嘿地笑着："咳！刘老师，够朋友！"

主人热情地招呼我们坐。可谁又坐得住呢？李老师伸手就要从女主人手里抱小雪豹，可女主人说："它才从车上下来，走了一整天的路，刚才还在发抖。"

"没事。我有两个儿子，都是我亲手带的。"

可她的手刚触到雪豹，小家伙就扭过头往女主人怀里拱。

"哈哈，还认生哩！"

小王说："李老师，看看哪个是男生，哪个是女生？"

这个机灵的家伙！

李老师端量了半天，才说："胖子抱的是男生，他爱人抱的是女生。"

小王赶紧纠正："不对，你说反了！"

"怎么可能！别考我了。那体形大一些的当然是男生。"

"我服了。再不敢班门弄斧了……乍一看，还真像是两只大花猫哩！"

"都是猫科动物嘛！"

桑格拉说："乌兰，快烧点奶茶吧。"

他伸手去抱女主人手里的小雪豹，小家伙到了他手上就往怀里偎。

"喂，你这家伙怎么厚此薄彼呀！"李老师不乐意地埋怨着小雪豹。

"桑局长抱着它俩坐在车上整整一天了，刚回家换下了被它们拉了一身尿粪的衣服。"

浓香的奶茶中，桑格拉将雪豹兄妹的故事，渐渐展开了——

# 报　警

那天晚上，有个牧民来报告，说是在喀拉山，有人收了两只小雪豹。我问雪豹是怎么得到的，是谁收的……详情那牧民一概不知，地点也只说了个夏牧场。那里我曾去过。

雪豹是国家一级保护动物，又是濒危物种。巴州有分布，前几年发生过盗猎案，但这几年都没人再见到雪豹。再说，这时的小雪豹最多也就只有一两个月大，根本不会捕食，全靠母豹哺育。

是偷猎？雪豹号称雪山之王、高山之王，凶猛矫健，几乎没有敌手；雪豹的母性很强，母豹选择的产房，总是在异常陡险、一般人难以到达的山洞中，产崽后，除了在附近觅食，很少离开孩子。一般说来，如果不是刻意偷猎，先猎杀了母豹，是不大可能得到小雪豹的……

情况紧急，我只能连夜往那边赶，迟一步，偷猎者可能还要狠下杀手，小雪豹也可能要夭折了。

仗着走过这条路,我和大乔两人轮流开车。没公路了，又走了几十里山路，第二天上午才到了那个夏牧场。

收小雪豹的原来是个叫德得和的牧民。转了两条沟，爬到山梁上，银亮的雪山下，绿茵茵的山谷中，有一顶白色的蒙古包——远看真像个蘑菇屋。三面都是高山，

八月的蓝天下，皑皑的白雪特别耀眼，没有森林，山坡上是羊群、牛群……这就是德得和家的夏牧场了。进了他的毡包，只见一位大婶正用汤勺给小雪豹喂牛奶，大婶看我们满身风尘，她立即放下汤勺，热情地招呼，端来了奶茶和馕。蒙古人好客。

我们虽饿得前胸贴后梁，但还是乘她忙活时，检查了两只小豹子。没有伤痕，蜷曲着身子，虽很瘦弱，但精神状态还好。我们边喝着奶茶，边和大婶拉着家常。可没说几句，大婶笑着说：“你们不是来走亲戚的，是为小雪豹来的吧？”

我笑了：“大婶真是爽快人，你们总不会想养育这两只小雪豹吧？”

她说，有两三百头牲畜哩。两个孩子都到更远的牧场去了。这里只有她和老伴，光是每天挤奶都忙得抬不起手；再说，他们只会侍弄牛羊，哪里会养小豹子？正愁着呢！

“给我们带走吧！”大乔插话说。

大婶脸上掠过一丝乌云，但仍笑着说：“你们还是去赶路吧！等会儿德得和就要从牧场上回来了。”

话刚落音，就听到了一阵急速的马蹄声。出了蒙古包，就看到一位大汉正纵马飞驰而来，马鞭子甩得叭叭响。

大乔心太急了，把事情搞复杂了。

刚才大婶忙活着端奶、拿馕时，我也没闲着，见她瞅空将红头巾挂到门前的拴马桩上，显然是给牧羊人的信号，要不然他不会来得这么快。牧民们多在深山，牧场之间相距很远，多是一个草场只容纳一户人家，安全防范是必要的。

我走到蒙古包前，德得和大叔已翻身下马。这位红光满面的魁梧汉子，一看就知是位摔跤好手。

看到他脸上的警惕，我连忙上前解释：“大叔，我是巴州保护区公安局的。因为这次任务特殊，没穿警服，只是便装。”我连忙掏出警察证双手递上，“这是我的工作证。”

大叔端详了一会儿，看得很仔细，还将警察证上的照片和我对了一下，脸色逐渐和悦：“欢迎，欢迎！”又向大婶说，“他们是公安局的。”

大婶乐了，瞅了一眼大乔：“差点把你们……”

“前几天，有两个人来，要拿走小雪豹。你大婶没同意，那两个家伙欺负毡包里只有她一个人，丢下一沓钱，就去抱雪豹。没想到你大婶只三拳两脚，那两个家伙就跌爬啃泥了……”

我们高兴得哈哈大笑：“幸亏大婶给你发信号，要不然我们也走不回去了。嘿！女中豪杰。”

“我就是在摔跤场上，一只手把她提到我的马背上的。”

他的自豪中溢满了甜蜜。她的灿烂笑容中，洋溢着对青春的回忆。

“我正盼着你们来哩！行，交给你们，我们就放心了。”

大约是看到了我的神情：“忘了，你们是公安，还要把情况调查清楚。那就到牧场上去吧。这几天有群狼在四周转悠，羊群离不了人。”

还未等我说话，他已走到蒙古包外，将手放到嘴里，一声嘹亮的口哨就在山谷里回荡开。三声响后，只见两匹骏马放开四蹄向这边奔来。

云雀将嘹亮的歌声播撒在蓝天，雄鹰在雪山翱翔。骑在马上，那股舒坦劲，从脚底直往全身涌，蒙古人和骏马天生心意相通，就像渔民驾着船在海上闯荡。我感到草原在呼唤，于是一蹬脚放开缰绳，凌风驾云般飞了起来……

“嗷，嗷，嗷——”

那是血液尽兴的偾张，那是心灵饥渴的呼唤！

我们一边照看着羊群，一边听着德得和大叔的故事。

# 雪豹叼羊

草场愈来愈差，牛羊也越来越多。往年一个夏季只在一个牧场。今年这已是我转了两次的夏牧场。要再不想想法子保护，草场一个个都要被沙盖了。

刚转场到这里没几天，羊圈里就少了一只羊。你大婶心疼得慌，一只羊几百元呀！地上有血迹和野兽模模糊糊的脚印。

野兽留下的脚印不多，我判定不了是狼还是狐狸，或是别的野兽。

怪呀！夜里没听到牧羊犬的喊叫。你看，就是坐在羊群那边的那只，浅咖啡色的毛，身段油光溜滑的，它勇猛、凶狠、聪明，白天帮我看着羊群，夜里总是在羊圈守护。去年，还咬死一只狐狸。

我顺着血迹往前找，一直找到了那边的山上，就是那座金字塔雪峰。

五天之后，早上又少了一只羊。这家伙还尽拣肥的挑，从血迹上看，还是看不清是狼还是狐狸。很多天没下雨了，干地上留不下完整的脚印。

怪，怪得很。依旧没听到牧羊犬叫一声。血迹还是往那边山上去了。

你大婶说："下夹子吧。"

下夹子是对付狼的，狼对羊群的危害最大。过去，在冬天，它们成群结队，一来就是一二十只，敢大白天冲到羊群抓羊，放枪都哄不走，一次能咬死十几只羊，拖走七八只。现在狼也少了，一群也只有几只。

可只拖走了一只羊，别的羊也没受伤。难道是只孤狼？孤狼狡猾，更凶狠。

你知道，蒙古人对生灵有自己的看法。凡是生灵都有灵性。

好在地上还有一摊血，没结成块，看来偷羊贼走的

时间不长。我招呼你大婶把羊群圈到蒙古包周围，就骑着马顺着血迹找去。

在那边山上转悠了很长时间，总算找到了，我猜对了——一只查汗尼瑞斯——雪豹——蒙古语是这样叫的，意思是白色的金钱豹，正拖着羊往崖上走。它灰白的身子上，布满铜钱花样的黑斑，拖着蓬松的又粗又长的尾巴，贴在石头上，还真难分得清哩。你们叫啥？保护色。对，它有保护色。乱石、山崖太陡了，它身子也不过七八十斤，要拖只五六十斤的羊，真的难为它了。它走走停停……

不对呀，我听说雪豹傲气冲天，神力无边，叼了羊总是脖子一扭，头一甩，就把羊放到背上，轻捷地带走战利品。可它怎么是在拖?

看它拖的羊还是囫囵的。什么事让它匆忙到还未吃上一口?

它停下来了，漫不经心地转过头来看我。刀样的目光刺得我心里一顿，正想采取措施时，它又回过头去用嘴叼着羊往山崖上拖。

嘿！它一点也不在乎我，肯定是早已嗅到了我的气息。这也撩起我心里更大的好奇，要按平时的性子，我就回去放羊了。

它又停下了，看我一眼。土红色的鼻头特别俏皮，坐着喘气，肚子一鼓一鼓的，看着肥羊，伸出了血红的舌头，舔了舔嘴唇和流下的馋涎，似乎在打量着从哪里下口，可仍然没吃一口……

一种异样的声音，从雪豹上方的山崖传来，隐隐约约，听不准。

雪豹身子一展，立即叼起肥羊又往上走。

有狼来抢食？这在野外是常事。狐狸抢秃鹫的食物，狼抢狐狸到嘴的兔子，我都见过。

还能有场大战？牧民总是关心牧场四周的情况，要护畜群。我的脚被粘住了。

没有别的野兽的踪迹。

雪豹再一次停下……我看到它的左后腿有伤口，一点不错，难怪它走得艰难，只能拖着猎物走。和谁打架了？不可能是牧羊犬。

叽叽哇哇的声音传来，又是来自上方山崖的后面。

雪豹拼尽了全力，拖着伤腿，叼着羊往上走去。

我心里一颤，立即像猴子一样从另一条路往山崖上爬去。

雪豹停下了，瞪着双眼盯着我。

是的，我不敢再往前走了，其实我也看清了，山崖后面有个石洞，洞有半人多高，也听清叽叽哇哇声是从那里传来的了。

要是再往前走，雪豹要么和我拼命，要么……

回到蒙古包，我告诉你大婶，是只雪豹，它生了小崽。

你大婶乐了，不断地念叨:“吉祥，吉祥，神的眷顾。”

“多伟大的母豹！为了孩子，什么磨难都能经受。”

我们蒙古人敬重雪豹，敬重这位高山之王，它高贵、华丽、勇猛、矫健、自由……就像敬重天鹅一样。你也是蒙古人，肯定也知道这些。

你一定会问，我怎么估摸到是雪豹。简单得很，牧羊犬没有叫。狼、狐狸、石貂来偷袭羊圈时，牧羊犬肯定要叫，会通知主人，会毫不畏惧地上前迎敌。

只有雪豹来了，它连哼一声都不敢，因为它是高山之王、雪山精灵，浑身散发着英武气息，目光犹如闪电。

还有，狼进羊圈就乱咬一通，糟蹋的比吃的多，贪婪成性。雪豹可不是这样，一次只要一只羊，而且要隔几天才来一次。这让我猜想到可能是它！

从此，我和你大婶心里多了一份牵挂，它的腿伤好了吗？它的娃子们能吃饱吗？要是饿了，就来羊圈吧！

那天上午，正在放羊时，天上传来了哨声。这是秃鹫飞行时才发出的哨声。我开头也没在意。

没一会儿，五六只胡秃鹫、雕都赶来了。它们一边在天上飞着，一边打着旋子降低高度。是什么把它们引来了？它们盘旋的圈子愈来愈小，那不是雪豹生崽的石洞上方吗？我心里一惊。

这些家伙聚到一起，不是开会，是围猎或聚餐。它们相互配合，攻击地上的野兽，更喜欢吃腐烂的尸体。

不好的兆头，凶险的兆头。

我双腿一夹，催着马儿就去了。

等我赶到那里时，这些凶猛的家伙正围成一圈，用带钩的嘴撕扯着尸体上的肉，狼吞虎咽，有的噎得摇头摆尾，那副穷凶极恶的样子真可怕。

我心急火燎，甩得马鞭叭叭响，想把它们轰开，可它们只看了我一眼，就又去抢着吃。

直到我到了跟前，它们也只是让到旁边，就是不肯飞走。

一看地上的残骸，我的心就往下一沉：最担心的事发生了，是雪豹。虽然已被秃鹫们啄食得面目全非，但皮毛上的花斑清清楚楚地证明是雪豹。

就是那只母豹！每一只雪豹都有一大块领地，这个领地大到几十里。现在又不是它们的交配季节，不可能有另一只雪豹在这里。

谁杀了它？肯定不是偷猎的，要不然，不会把皮、骨、头都留下。这几样都很值钱！是偷猎人主要猎取的对象。

我细细看了周围，肯定是狼。从留下的痕迹看，最少有四五只狼。单对单，雪豹根本不在乎狼，孤狼也不敢攻击雪豹。

怎么没有吃完？有两摊血不像是雪豹的，我捡到的一些撕扯下的兽毛也是狼的。

它们打过一架，激烈、凶猛。母豹为了保护孩子拼尽了最后一滴血。狼群也有受伤的，有的伤势还不轻；要不然它们会把雪豹的骨头渣子都啃完，狼性就是贪。

我更牵挂着小雪豹。那个山洞在很陡很陡的峭壁上，不是这样险，母豹出去寻食时会放心？费了很大力气，才爬到离洞口几步路的地方。洞内静静的，没有一丝声响。

小豹子遭殃了？我的心一下提到了喉咙口。沿路仔细查看，没有血迹，没有狼上来的痕迹。

丢个石子探探路吧！

还是一点声息也没有。

又向洞口砸了个石块……

里面有了动静，有了微弱的叫声，带着撒娇、不满……

我的心放下了，谢天谢地！它们还没有受到伤害。

不敢再接近了，怕惊了它们。怕它们跑出来。

可我又不知怎么办才好……想了想，还是回去和你大婶商量商量吧。

你大婶说，赶紧送羊肉去。可一两个月大的豹子，没有妈妈教、嚼碎，自己是吃不了肉的。重要的是，狼会惦记它们的。失去了母豹的保护，别的野物也会去的。

思来想去，只有把它们抱回来。

我进到洞里，这两只小豹子都躲到石缝里了，浑身发抖。我把它们揣到袍子里，它们都往胸口挤，又饿又怕，连叫声都是嘶哑的。

你大婶一看它们快死的样子，手都颤了，嘴里不断祷告着，赶紧喂肉，小豹子果然不会吃，又喂馕，它们闻都不闻，这才想到了喂牛奶……

狼群来了，我更离不开牧场了，这才托人给你们捎信。

# 守护神

我表现出好奇，要德得和大叔带我去看看雪豹产崽的山洞。大叔爽快地答应了。

大乔累得趴到地上，手脚并用，才上到崖上。

我们钻进了洞。洞里有豹粪，粪团有成年豹的，也有幼豹的。有羊骨，还有北山羊的两只大角……一切都证明这里确实是母豹的产房。

下来后，我问母豹死的地方。

德得和大叔没一丝迟疑领着我去了。是的，一副残骸在那里，只有圆圆的头骨稍稍完整。我捡了两块碎皮，花纹确是雪豹的；还示意大乔仔细看看，他直点头。

直到这时，德得和大叔才说："公安同志，能结案了吧？"

我浑身的血骤然涌到了脸上，涨得通红、发烫……

“别别，没啥不好意思的。公安查案讲究的是证据，这下你好报告了，我也干净轻松了。”

我很感激他，可心里仍然不好受，像是做了错事的孩子……

# 旱獭的尊严

# 雪山之王

为了瞻仰高山之王雪豹，今天要去古仁沟先寻“四大名旦”。古仁沟在东天山的腹地，那里雪峰林立，山套山，沟套沟，地形复杂，是高山野生动物乐园。天公不作美，这一天阴云密布，但我们的行程安排得很紧，也顾不得那么多了。

保护区的小王，在向来访者介绍时，总是先自豪地介绍他们的“四大名旦”：

“盘羊：巴州就有天山亚种、罗布泊亚种等亚种，且数量多。天鹅：巴音布鲁克是天鹅的故乡，那里生活着几万只大天鹅、小天鹅和各种水禽。藏羚羊：前年，小王他们在且末的中昆仑山，一次看到过三千多只的母子群。北山羊：有十万多只生活在高山区。”

“四大名旦”都属国家保护动物。

雪豹是非常神秘的动物。青海、甘肃的祁连山，曾有雪豹栖息，而且数量并非异常稀少，我曾见过一份资料：一支两三人的猎队，在一条山沟中就猎杀了四只雪豹。我们去年在青海没找到它的踪迹。今年不久前，在甘肃祁连山的北坡寻访六七天，也没有寻到雪豹的身影。现在又把希望寄托在了天山。

难道雪豹竟无迹可寻？失败的经验给了我们启示。在野外，追踪雪豹，首先应该根据它的食物链，即所谓的“顺藤摸瓜”，雪豹主要是猎取岩羊、北山羊、盘羊。我问：“这季节，巴州哪里这些动物较多，最易发现？”

小王说：“当然还是天山这边较好。前几天还听一个牧民说，在古仁沟那边见到了五六十只北山羊。因为牧民们将畜群都赶到了海拔较低的夏牧场，北山羊、盘羊只好往高山移动。”

雪豹总是追随着食物北山羊、岩羊、盘羊的足迹。这位雪山之王颇具王者风范，高贵，甚至儒雅，它不像老鼠、兔子，成天为填饱肚子奔波，而是隔七八天才去捕猎一只野羊，大快朵颐之后，就去晒太阳，闲逛，享受着山色美景；纵跳陡崖，腾越险涧，享受着生活的快乐。

车向古仁沟驶去，李老师突然有了新发现："这不是去天鹅故乡巴音布鲁克的路吗？"

小王说："李老师记性真好，就是那年我陪你们去天鹅故乡的路。今天过了和静之后才拐进岔路。经过几年的建设，天鹅保护区已有了很大的变化。只是畜群的大量增加，草原不堪重负，有的地方已开始沙化了。"

"那里的草原是我见过的最肥美的草原啊！这才几年？"

"再好的草原也经不住遍地牛羊的啃食，践踏！这个你认识吧？"小王指了指路边五六米处的一片植物。

"是甘草吧？长得真不错。那年来时不是说都快绝迹了吗？"

"对呀，甘草是一味重要的中药材，价格一直在涨，引得大批人进来乱采乱挖。保护措施一到位，也只几年时间，这不，又繁茂了！关键是人对自然应该遵守规矩，所以我对刘老师说的生态道德一听就明白。”

车向古仁沟开去，一条小河迎面滚滚而来。“沟”其实是条山谷，有的沟可蜿蜒几十千米，从陡峭的山崖看，相对高差有五六百米。峡谷愈走愈窄，路边的山溪更加湍急，山坡上没有一棵树，只在山坡的低处才有些野草，铺出片片的绿意。

我、李老师、小王分片观察，竟然没有见到一只动物。

好像都知道我们要来，全躲得远远的，连畜群也没见到，更没有一个人影。

“我们还要往高山去，就那个雪峰。别急。”

越野车爬山也喘粗气啊！路很崎岖，弯弯曲曲，感觉跑了很长时间，回头一望，离下面的来路直线距离也只不过一百多米。终于到达了山岗尽头，极目四眺，仍然没有见到一只野羊。

“老林明明说前几天还看到几十只的北山羊嘛！”

我很理解他的心情：“野物野性的，腿长在它身上，谁能管得了！没关系。”

“快来看这种花。”李老师总是很善解人意！

真的，在乱石缝中，几棵植物叶片是蓝莹莹的，厚厚的叶片形态很美，不是花，但比花更美。高山植物都有抗严寒、抗干旱的特殊本领。

再往前走，刚拐过一个山嘴，我发现对面的山崖上有情况。

# 生命的尊严

“不像野羊，没角嘛！”

“狐狸？”“狼？”大家纷纷猜测。半天，它毫无动作只是将头高昂，眺望我们。

“是象形石？”

乌云遮住了雪山，一片雾蒙蒙的，山峦都似乎矮了一截。

观察了很长时间小王才说：“肯定是狼，孤狼就是这德行。说不定还是哨狼在侦察。是呀，狼是最聪明的家伙，难怪野羊们全都躲了起来。走，往那边去，说不定能找到野羊。刘老师说的，见到岩羊，就有可能找到雪豹的踪迹……”

小王话还未落音，右前方山坡上突然冒出缕缕青烟。

司机未等小王发话，猛踩油门，往那边奔去。

车内立即紧张起来，虽然在这样的石山上，在这个季节，不可能有山火，但那股烟却是不平常的信号。这里离公路太近了，不可能是夏牧场。难道是偷猎者的行踪？

没有路了。车一停，连司机都下了车。小王是搞自然保护的，他简单分了任务，我和李老师就从另一方向往冒烟的山坡奔去，职责使我们都紧张起来。

山很陡，没走多远，李老师的速度明显慢了下来，我也喘着粗气，估计海拔已是三千多米了。我示意她留在原地休息一会儿，自己也放慢脚步等她，但那袅袅升起的青烟，就像是古代报警的烽火狼烟在催促我们尽快动身。

快接近时，我们有意绕过一堵巨崖，隐蔽地向目标接近。

终于看清了——

这是山岭上的一块微凹的小盆地，面积大约有四五百平方米。长着稀疏的绿草，四面都是黑色的山崖巨石。

一位大汉正弯腰用一纸板扇火。是生火做饭？四处没有他的畜群呀！是行路客？牧民们都是带着干粮上路的呀！

奇怪，火一旺，他却赶紧撮土压上，烟就越发浓了。

“看见了？火堆在一洞口。”李老师说。

我拍了拍脑瓜：“是往里面灌烟，绝对没错。”

好像是为了印证，在火堆不远处，有两三处都飘起了淡淡的烟。

可是，洞口并没有张网，那大汉的周围，也没发现一件可称作猎具的东西。他在玩“空手道”？和野兽玩“空手道”并不好玩，野物野性的，还各有生存之道，能不拼命一搏？连小虫给你一口，也会让你终生难忘！

“是偷猎？快告诉小王！”

“不急，估计小王也应该看到了。”

要不是有经济价值吸引，哪位住客喜欢在这样荒凉的高山打洞穴居?

豪猪?这里没有豪猪分布。

鼠兔、黄鼠、跳鼠?不值得。是鼢鼠?对，有可能，它的经济价值高。在青海日月山下，我们曾遇见专捕鼢鼠的猎人，那情景立即浮在眼前……它不属于保护动物。这几年，由于草场的退化，草原上鼠害猖狂，它们从牛羊口中争夺草料。

那大汉仔细看了看几处飘出青烟的地方，放下纸板快步走去，搬来一个个石块，将冒烟的几处洞口堵了起来。又跑回去，用力扇起，往洞里灌烟。

“喂，还有一个洞……”

“别瞎操心，专心专意看他这个独角戏怎么演吧!”

等待是焦急的，但有耐心的人，总是能欣赏到戏剧的高潮。

李老师用胳膊肘碰了碰我。我装作没看见。其实我一直盯着那个唯一未被石块堵住的洞口飘出的烟的形态——时淡时浓——它早就透露了洞里活物的动静。是的，现在似是有着黑黑的嘴脸露出……那是它在侦察，可惜没有潜望镜，只能这样窥探。

噌的一声……

一只金黄的胖乎乎的家伙蹿出了洞口。

“是它？”李老师很吃惊。

我心里也一愣，怎么没想到是它……

“不错，是旱獭。”

旱獭和老鼠一样，同属啮齿目，专食青草、草根，与牛羊争食，对草地的破坏极大。它不是营群性的穴居动物，常是一个家族几代或几个家族生活在同一区域；带有病菌，最可怕的是鼠疫。但它皮毛柔软厚密，是制裘的上等皮毛，经济价值高。这两种原因，使它成了牧民中业余猎手的重要目标。

怪，山谷里还是一片寂静。

如果说它刚出洞时，还带有试探性的犹豫，这时考

察已经结束，它决定迈开四蹄，迅速跳离烟熏火燎的居所。

“快，跑！”李老师急得喊出了口。

几乎同时，这里那里骤然响起了惊雷般的吆喝声、马蹄声。

岩后，三四骏马风驰电掣般奔出，骑士手持长长的套马竿一拥而上。他们玩的不是空手道！

那金黄色、胖乎乎的野物，以难以置信的敏捷，折转身子就往回跑，可是晚了。那个扇风点火的大汉正站在那里。

那金黄的野物斜向飞奔，滚圆的身子就像射出的大球……

吆喝声连天，马蹄急敲。

那野物东奔西突，躲闪着长竿前端的套索。

包围圈愈来愈紧，就在有个套索已触到猎物脖颈时，它却一侧身子——就像短道速滑运动员过弯道一样，硬是从马蹄边擦过，从马肚中逃出……

眼看突围成功，在飞奔中，它滴溜溜转着黑黑的眼珠——是的，右前方一堆嶙峋的山岩，应该有个藏身之所，只要跑过七八米的距离，它就能进入防空洞了……

但是——是转折词，也是命运的转折点，它还未跑出四五米，已瞥见人已站在岩石前面——

不知什么时候，那位扇风点火的大汉，神机妙算，早就料到了这招，神不知鬼不觉地切断了它的逃路。

这是一场毫无悬念的围剿和反围剿的较量。四位猎人未必能使旱獭束手就擒，但他们有四根长长的套马竿，虽然旱獭也是四条腿，但旱獭腿短，身长只有四五十厘米，体重也只有四五公斤，力量悬殊……

然而，全身披着金灿灿毛衣的精灵，还是毫不气馁地与对手周旋……

高头大马们喷着响鼻，齐刷刷地向猎物奔来……

旱獭反而镇静了下来，它立起身子，前肢抱胸。平时，它这种似是抱拳行礼左顾右盼的神态，憨态可掬，令人心动，这时却有了另一种庄严，连那黑黑的鼻头都闪着灼人的光彩。它向刚逃离的洞口望了一眼，又扫视了一遍这个它生活的小小山谷中的盆地，骤然向奔来的骏马冲去。

它竭尽全力，将四只短腿蹬直，如子弹出膛般射击。

只听嘭的一声……

它一头撞向马儿刚腾起的左前腿。

那马腿的前冲力将它弹出，重重地跌落在几米开外。

突如其来的一击，惊得那马儿腾起两只前蹄，同时长啸一声，骑手立即被掀翻在地……

这一匪夷所思的变故，使猎人们勒住了缰绳，静静地立在那里。跌落在砾石上的，正是扇风点火、几次巧妙地截断猎物逃跑去路的大汉，他半天也未爬起来……

天色骤然暗淡，大雨如注。

我和李老师悄悄地离开了隐蔽地，强按着翻腾汹涌的思绪，任凭雨水击打，向山下停车的地方慢慢走去。我想起了二十多年前，在写完野生动物世界探险长篇小说《呦呦鹿鸣》后所作的题词：

“在动物世界中，最强大的动物，也有致命的弱点，最弱小的动物，也有生存发展的特殊本领……无穷的奥秘，吸引了大批科学家献身于动物行为的研究事业。”

再版时，我一定要在“最弱小的动物也有生存发展的特殊本领”之后，加上“更有庄严的生命尊严”。

# 最后的罗布泊人

# 水是生命的源泉

沙漠是生命的禁区？

水是生命的源泉！

我曾到过青海、西藏、新疆交界处的阿尔金山国家级自然保护区，那里有世界上海拔最高的库木库里沙漠，海拔高程在3900—4700米。奇妙的是，在沙漠中不仅有泉水，且许多个泉眼连成一线。其中最大的一个泉眼直径有200米，试想一下，200米宽的水柱从地下喷涌而出，那是怎样壮观的景象！泉水汇成了辽阔的泉湖。因而它成了高原狂野生命的家园，生活着几万只野牦牛、野驴、野骆驼、藏羚羊……

塔克拉玛干大沙漠是世界第二大流动性沙漠，面积达33万平方千米，但它有总长2000多千米的塔里木河自西向东穿过，为粗犷、浩瀚的大沙漠增添了清秀和柔美，在荒寂中孕育着生命，滋养着郁郁葱葱的胡杨林，衍生出一片片绿洲，谱写出生命的壮丽。

塔里木河和胡杨是相依为命的母子，是沙漠生物圈中的基本因子，是南疆各民族兄弟的生命线。无论是已消失的历史上的楼兰、尼雅古国，还是现在的绿洲，都与它们血肉相连。河水滋润着胡杨，胡杨涵养着水源，为大河阻挡风沙。胡杨是塔克拉玛干大沙漠中唯一的原生乔木，对于生命有着最为深刻的理解，因而被誉为“胡杨三千岁”——寿长一千岁，枯后一千年不倒，倒后一千年不朽。

为了探寻这对母子的亲情，生物圈的神秘，我们从北线走进帕米尔高原的途中，还是难以抑制对原始胡杨林的向往，对塔里木河断流处的忧虑，这样一条浩浩荡荡的大河，怎么就突然断流了呢?

小赵担任向导，他问是不是直接走原始胡杨林。

我说：“今天天气多好！还是先去看塔里木河的下游，直到断流处折返，再去看原始胡杨林吧！”

# 沙漠胡杨王

天空瓦蓝瓦蓝的，白云如羊奶泼洒。车出了城后，满眼都是绿树红花。库尔勒市在沙漠的边缘，人工营造了大片绿地。十多年前，我第一次到这里，一阵风来，立即弥漫起黄乎乎的沙尘。如今，由于塔里木盆地发现丰富的石油，这里已是一座新型的石油城，穿城的小河两岸，高楼林立。

向南直奔尉犁县。尉犁县的东边紧邻着罗布泊，是塔里木河的下游。公路从两条小河中间穿过。岸边的胡杨林长势很好，灌溉水渠闪着银亮的光芒，碧绿的棉田、水稻，著名的库尔勒香梨园……脑海中不时会浮现起江南的影像，忘记这只是沙漠边缘的一块绿洲。

1998年，老梁曾领我们考察塔里木盆地生态——轮台胡杨林自然保护区展现的是森林、湖泊、水鸟、马鹿……

洋溢着勃勃生机、和谐之美。胡杨雄伟多姿，合抱粗的大树比比皆是，湖中的倒影、水边的鸬鹚、天空中飞翔的黑鹳、鱼儿溅起的水花……沙漠中诗意的桃花源，使我们如醉如痴，恋恋不舍。

老梁却说，最美的胡杨林在尉犁，现存最古老的树王在尉犁；沙漠中的灌木红柳，最高也只不过一米出头，但在尉犁，它已长成五六米高的乔木。那年，他在那里考察时，常常和马鹿群不期而遇，它们堵在路口，旁若无人，吆喝都不走……

他曾从事新疆自然保护工作，他的话谁能不相信？

我们要他立即领我们去，可他说七八月正是塔里木河漫滩季节，水沼星罗棋布，骑不上好马是进不去的……

自此，尉犁的那片原始胡杨林就贮存在我的心间。世事难料，直到六七年后的今天，才去圆这个美梦！

车突然停下了。我正茫然时，李老师已下车，径直向路右边走去。

司机向我努努嘴，指示着右上方。

好一棵高大的胡杨！总有三十多米高，离路只有五六米，浓绿的树荫如云一般。

“真有你的。我来去少说也走了几十趟，还不知道这里有棵胡杨王哩！”小赵也很惊讶。

我对司机师傅送去感激的笑容。在我们多年的野外探险生活中，总是有些司机师傅心有灵犀地及时指示，将我们带到追寻的目标面前。

李老师按相机快门的咔嚓声连成一片。

这棵伟岸的大树，矗立于胡杨林之中，显得格外突出，树干在五六米的高处分成了两枝，黄褐色的树皮如龙的鳞片，还溢出了琥珀般的胡杨碱。

李老师拍尽兴了，才和我一起去合抱大树，可是怎么努力都环抱不了。她立即从摄影包里取出了量尺，还要小赵也来帮她去量。咳！树围近六米。我赶快记下……

这是生于沙漠中的树王啊！

我查看着树王周围的环境，西边二三十米处就是塔里木河，但河床中只有断断续续的细流，与它在轮台的宽阔河面相比，这儿只能算是小水沟，看得令人伤感。

周围的植物，能认识的都一一记下。免不了还要问一些不认识的，有些小赵也不认识。

“刘老师是植物学家？”

“当然不是！”

小赵很惊奇：“你们每看到一棵大树都这样？”

“你说对了，这真是一棵树王。林学家说，胸径超过一米的，就可称为树王。它的胸径已将近两米了！”

看着满脸狐疑的小赵，李老师接着说：“别只是看稀罕，树王可是我们现在还能看到的为数不多的生于几百年前，甚至几千年前，至今依然鲜活的生命！这个鲜活的生命体内蕴含了几百年、几千年气候的变化、生态的变化、历史的沧桑，甚至太阳活动的强弱……它是一部生命史，也是一部生动活泼的自然史！”

“最大的树王是什么树，在哪里？”小赵来劲了。

“我们在热带雨林中看到了望天树王，它高有七八十米，胸径一米多，抬头看它，脖子都疼。

“在东北看到红松王，在云南看到铁树王，你平时看到的铁树都只有几十厘米高，而那棵铁树王高近二十米哩！

“在青海还看到胸径近两米的陇南杨王，在福建、贵州看到过杉木王。

“腾冲的银杏王，胸径有两米三。我们在高黎贡山寻找到了基干部直径近三米的大树杜鹃王。在西藏然乌湖看到了胸径一米多的山柳树王，在去独龙江的途中，看到胸径两米多的秃杉王、胸径一米多的红豆杉王……”

“说最大的，最大的！”小赵迫不及待，像个孩子一样嚷嚷道。

“你相信胸径最大的树王在西藏吗？”

“那是除了南极、北极的第三极呀！青藏高原号称生命禁区嘛！”

“不到南疆，能相信大沙漠中有两千多千米的大河塔里木流淌吗？能相信沙漠中原始胡杨林这样壮美，还有树王？人的认识误区太多了！大自然就是这样神奇。

“别不信，西藏的森林是我国最美的森林之一。在林芝的雪山下，就生长着巨柏群……”

“柏树能长得比胡杨还粗壮？”司机不相信了。

“师傅，你说载重卡车车身有多宽？”

“也就两米或多一点吧！”司机师傅早已听得兴趣盎然。

“巨柏群的柏树胸径多在两三米。最大的一棵，中间开个门，载重卡车都能通得过，两边还各留一米宽的门框哩！”

“啊……”小赵惊呼着，半天合不拢嘴。

“胸径五米三哩！树高三十多米。柏树最泼皮，能耐贫瘠的土地、干旱的气候，能耐四十度酷暑，又能在零下三十多度的地方生长。

“它们为什么能这样长寿？它们和哪些植物、动物生活在一起？它们生活在什么样的环境？任何一个物种都和它所处的环境密不可分啊！这就是科学家说的生物圈，说细一点就是生命的个体和生物圈相互怎样作用，和谐相处。再往深里说，它们的长寿基因能够移植吗？人类怎样向它们学习呢？就说这棵胡杨王，它就忠实地记录了塔里木河的历史。当年，河道肯定要宽得多，流量肯定比现在大得多。”

“有意思。啊，我想起来了，你和刘老师肯定是想写一本有关树王的书。有意思，有意思。”

“对呀！书名都想好了，就叫《寻找树王》，记录几十种、几百种树王——自然奇观，长寿之歌，生命之歌！”

司机和小赵猛然鼓起热烈的掌声，为李老师自豪。

羊奶云溢成了无数的银湖，飘荡在湛蓝的天空，天空像被水洗过一般，天更蓝，云更白，灼热的空气蒸腾，胡杨林寂寥，连小鸟也不鸣一声，只匆匆而过。大家都沉浸在生命的壮美之中……

等到要走了，小赵和司机师傅却在树干上忙活起来，李老师走近：“在收胡杨碱？”胡杨碱是胡杨将躯干内多余的盐碱分泌出来形成的结晶体，样子很像琥珀。

“这你就不知道了吧？你只晓得新疆的羊肉、拉面、馕特别好吃，可不晓得为啥好吃。跟你说吧，就因为放了胡杨碱。烤羊肉串别有风味，也是因为用胡杨木炭烤的。”小赵也有自豪的理由。

“是呀，哪方水土养哪方人嘛！这就叫人与自然。”

我们一路都沉浸在发现的欢乐中，司机把车也开得特别轻快。

路边防风林带后的庄稼长势很好，棉田正是盛花期，铺锦堆秀，养眼。飘香的瓜果，总是将沁人的甜蜜弥漫在大地上，使你忘却了这是沙漠的绿洲。

# 塔里木河断流处

车行约半小时之后，小赵和师傅嘀咕起来；可我听不懂，好像是蒙古语或哪种方言。没一会儿，车停下了。

小赵在前领路。空气突然热烘烘的，像是进入了蒸笼一般，没走几步路，就感到出汗了，却不见汗，汗水大概一出毛孔就被蒸发了。路旁有三四户人家，房子很简陋，只是芦苇帘子作墙，几根胡杨木作梁，一头小毛驴只顾低头吃草。走了一小段路，到了一条小河边，两岸胡杨林还算繁茂，但叶片是灰绿的。

小河早已干涸，河床龟裂，像张着大大小小的干渴的嘴，只见到三两个小水洼，混浊、毫无精神地躺在那里。

“这是哪条小河？是孔雀河？”我问。不知小赵为何把我们领到这里。

小赵说：“路左是孔雀河，早已断流不见踪影了。你不是要看塔里木河断流处吗？”

“它就是汹涌澎湃的塔里木河？”

虽然早有思想准备，但当真的看到塔里木河断流处时，仍然无法接受它的凄凉和衰落。

那也就是说，如果生态没有遭到破坏，塔里木河还要流淌200多千米，那将孕育多少绿洲？或者说，这之后已有多少绿洲被黄沙掩埋！触目惊心，已不足形容！

塔里木河是南疆各族兄弟的母亲河，它全长有2000多千米，是由叶尔羌河、和田河、阿克苏河、喀什噶尔河汇流而成，干流也有1000多千米！

它曾经注入罗布泊，汇成西域巨泽——“东西二百余里，南北宽十余里，冬夏不盈不缩”。按照《汉书》记载，这是多么壮阔的大湖！

到1962年航测时，罗布泊的面积还有662平方千米，只比中国五大淡水湖之一的巢湖略小一些，然而时隔十年之后，卫星照片显示罗布泊已经干涸，只留下了一个形似耳郭的大大的问号。

1998年，我在巴州的一份关于塔河下游生态恶化的报告上看到："塔河下游完全断流已达280余千米。"真是触目惊心的数字！

罗布泊消失的原因，是因为塔里木河的断流，不再有水注入，就像失去血脉，生命之花当然会凋谢。断流的原因呢？除了自然原因外，主要是上游大量垦荒、抢水。

垦荒，包括滥砍滥伐沙漠中唯一的乔木——胡杨林，种上棉花，当年就会产生收益。1998年，我们在塔河两岸曾看到大片胡杨林被砍伐、垦荒后，却发现无水可取，当年未种上庄稼，第二年就成了白花花的盐碱地，成了戈壁滩。再是各处垦荒抢水，断绝了水源，使大片胡杨林枯死。结果是形成"上游开荒一亩，下游撂荒十亩"的恶果。

塔里木河滋养了胡杨，胡杨涵养了水源、芦荡、灌木丛、草地，千百年来维持着沙漠中大河两岸的生态平衡。但这种生态是特别脆弱的，一旦遭到破坏，那就是灾难。

那年回来后，我写了篇《救救胡杨林》，呼唤人们为了保护南疆母亲河，保护塔里木盆地的生物圈，亟须救救胡杨林。

我们在偌大的卡拉水库,看到的是库底已长出的青草，没有一滴水，它就像是个空空荡荡的眼眶，没有眼珠……

我站在塔里木河断流处向东看去，只一步之遥就是罗布泊了，当年的大湖，现在已是著名的无人区——荒凉、干旱、寸草不生的黑褐色戈壁……

大家都沉默不语，心头像压了块大石头……

“那天，我们在乌鲁木齐新疆科学院地理研究所……”李老师提醒。

当时，张博士的一席话，让我们感到欣慰。他说：为了保护母亲河塔里木河，已成立了塔河管理局，他的团队就是利用卫星来监测塔河沿岸的用水、垦荒。过去，瞒报垦荒数字，上游大量抢水，你根本无法核对与制止。现在有了卫星监测，就一目了然了，根据当年塔河的总流量，合理分配用水，使一切都在可控、有序之中……近两年已取得了可喜的成效。

科学铸就了文明，只有生态文明才能使人类永续发展。

# 最后的罗布泊人

回到尉犁县城，路牌上标明到罗布村只有六千米。我们走着走着，才发现，到了路的转弯处已六千米，车又足足跑了三十多千米，才到达罗布村。

放眼望去，胡杨林中，大大小小形状各异的水沼闪着光彩，在水沼的中间小沙丘如岛如屿星罗棋布，使这个草木搭建的村寨，洋溢着另一种风情。

寨子的正门形如一个人的头部，戴着罗布人特有的毡帽，两旁是鱼的图腾——渔猎部族的标志。大约有十多家居民，他们坚定地自称是罗布人。

罗布人为世人所知，也不过百来年的历史。那时，罗布泊还是大湖，湖边的原住居民，不耕不种，只靠驾着独木舟在湖中打鱼为生，自称为罗布人。我国东北乌苏里江边的赫哲人，也是典型的渔猎民族，吃的是鱼，

穿的是鱼皮制作的衣服，在鱼皮上作画，抒发着艺术的奇思异想，用鱼皮给孩子制作玩具。

但罗布人穿的是用罗布麻制作的衣服，喝的是罗布麻茶，和赫哲人一样，有自己的语言，却没有文字。他们一直生活在罗布泊周围，过着自给自足的生活。很可能是瑞典探险家斯文·赫定来到这里考察，一位向导回

去寻找丢掉的一把铲子，由此发现了被沙漠掩埋的楼兰古国，轰动了世界。那位回去找铲子的向导奥尔德克，就自称罗布泊人——罗布人才走向了世界。

罗布泊干涸后，罗布人只得溯水而上，有一部分迁徙到了尉犁县，成了最后的罗布人。

我们之前没有到过罗布泊的核心区域，直到十天前，我们从敦煌出发，经过黑戈壁——遍地是黑色的砾石。向导说，细沙都被风吹走了。然而，大漠狂暴的风却并没有磨去这些砾石的棱角，反倒使出了雕凿镂空的手法，使砾石成为著名的“风凌石”，成为旅游者搜寻的奇石。沿着千姿百态的雅丹群，直到大漠上的汉长城——多为泥土、芦苇混合物建造，然后到达了古玉门关。向导说，前面就是罗布泊了，而且很肯定地说，这就是通向罗布泊最便捷的要道。那年，为了寻找在罗布泊探险失踪的科学家彭加木，救援队就是从这里出发的。

我们继续向前，站在高处向西眺望。一片黄褐色、灰褐色，不见一丝绿意的茫茫戈壁，在烈日的蜃气中若隐若现，似有若无……

思绪中突然冒出了火星——眼前的海子、胡杨、沙丘、红柳、芦苇应是罗布人典型的居住环境或者说是生存环境，这个生物圈中的每一样，都与他们的生命息息相关。

向导领我们去拜访村中长者，108 岁的寿星。刚进屋，见一位头戴毡帽的老人坐在炕边，他腰身板直，银髯优雅，白皙的脸上虽布满了岁月的皱纹，但并不是那种满脸沧桑，而是闪耀着生命的光彩。他正在用餐，右手用一把刀削着羊骨上的肉，边吃边削，雪白的牙齿有力地咀嚼着——津津有味。

# 胡杨王

“习水杉木王……”李老师轻轻的一句话，贵州习水杉木王的形象立即浮现在眼前。它高四十四米多，胸径近两米三，据测定，它已经八百多岁了。林学家说，杉木生命的旺盛期为六十年，也即是说六十年之后不再生长，而是老化、衰亡。但这棵杉木王已历经了八百多个风雨春秋，却依然浓绿成荫，更奇特的是在它距地面一米左右的主干根部，鼓突起赭红色如象脚一般的形状，洋溢着青春般的光彩……

奇怪，见到长寿老人，她想到的不是我们刚见到的胡杨王——它们可都是这大漠中的寿星，而是远在贵州习水的杉木王。是因为寿星杉木王依然勃发的青春与这位寿星有着太多的相似之处？

我们和老人交谈，可他不懂汉语，只是十分友好地

看着我们……

据小赵说，他可接见过各种名人。有人千里迢迢，甚至不远万里来拜访他，拜访生命的奇迹，探索长寿的秘密。

罗布人多长寿。据一份资料上说，在1987年的调查中，全国有3700多名百岁以上的寿星，其中有900多名是罗布人。1989年全国评选出的健康百岁老人19名，就有6名是罗布人，且不说这份调查的权威性、可靠性，但它至少说明罗布人是长寿的。可称为世纪人、跨世纪人，他们是整整一个世纪活生生的见证人！

即以我们眼前的这位108岁的寿星而言，他的牙齿尚能愉快地咀嚼着羊骨上削下的羊肉。按中医的说法，他的肾气充溢，而肾气是人体中生命体征的重要标志。至少说明他生活能够自理，依然享受着生活，享受着大自然的赐予。与通常见到的八九十岁的人有着巨大的差别。

小赵说，罗布人中百岁老人当新郎并非罕事，更不是虚妄！他们依然和年轻人一样唱歌跳舞，更别说下湖捕鱼了。

每个生命体都追求着长寿，作为万灵之长的人类在这方面更有强烈的愿望。于是，人们纷纷前来研究考察罗布人长寿的秘密，就像林学家、社会学家研究树王长寿密码一样。

据说，罗布人的生活非常简朴，作为罗布泊的原住居民，生活的环境虽说有其浪漫，但物质还是很贫乏的。他们不耕不种，食物主要是鱼，吃法很简单，清水炖或用柳条、胡杨树枝穿起来放在火上烤。调料是一种叫“蒲黄”的花粉。最好或唯一的蔬菜是春天的芦苇嫩根。穿的是用罗布麻织的布，喝的是罗布麻的叶和花泡的茶，抽的是罗布麻的烟。从表面看来，他们缺少人体必需的营养。

难道秘密就在这里？

罗布麻是一种多年生草本植物，属夹竹桃科，它的茎皮含有韧性很好的纤维，是理想的纺纱原料。正因这

种植物耐旱、抗盐碱、抗风、耐寒和耐酷暑，因而在塔里木河流域或敦煌随处可见。那年在轮台胡杨林时，我们还特意拍过它开着黄花的照片。其实，在陕西，甚至浙江都有分布。但为什么没有被当地人重视呢？

罗布麻又特殊在哪里呢？原来罗布麻中的钾、钙、镁的含量很高，都是人体特别需要的。据医学研究可知，镁是治愈多种慢性病的基本物质。据说人体组织发生炎症的重要因素是酶发生了障碍。酶有各种形态，而人体的所有酶都是需要靠镁离子来催化反应的，人体为了自身的调节，就需要从牙齿、骨骼中提取钾、钙、镁来维持平衡，久之，镁缺乏了，某些器官就发生了不平衡——病变。镁成了人体需求的重要元素。而罗布麻茶中正含有丰富的镁，镁维持了人体内的生态平衡。

我们谈人与自然的和谐，其实首先是人自身的和谐，即心理和生理的平衡，生理的平衡即是各种元素的平衡。心理产生了落差，也会影响生理平衡——产生疾病。另一

方面是自然的和谐，自然生态失衡，就造成了生存环境的危机；因而要维护自然的和谐，生态平衡是最基本的。只有这两者的生态平衡才能构建最高的境界——天人合一。

我想罗布人首先是达到了自身的生理和心理的平衡，

有人说他们“清心寡欲”。人的欲望并非是坏事，人如果没有欲望，社会还能进步发展吗？实质是要看“欲望”的内涵和适度，或许这就是不同的人对幸福的不同理解。物质生活匮乏的人，照样生活得很幸福，因而他们长寿！占有巨额财富的人，并非一定生活幸福，因而百病缠身！

长寿的道理，就是如此简单明了。这会不会就是神秘的、长寿的罗布人所给我们的启发呢？

常常听人们说“返璞归真”，其实又有多少人真正理解它的丰富内涵呢？

如果罗布人离开了海子、沙丘、胡杨，移居到现代化的大都市，他们能够感到幸福吗？他们还能长寿吗？

反之，如果现代都市人移居到海子、沙丘、胡杨编织的环境中，他们能够感到幸福吗？会长寿吗？

营造一个和谐的心灵家园，才是长寿最根本的秘诀。

人啊，千万记住，每个生命体都生活在一个生物圈中，繁荣和谐的生物圈才是人类生存的家园，大家一荣俱荣，一损俱损，保护我们的生存环境，就是最好的自我保护！

在“最后”的罗布人村寨沉浸太久，我们驱车急忙向原始胡杨林奔去。

不知什么时候起风了，风沙中胡杨林显得尤为浓密，雄伟的大树或立在沙丘旁，或立在漫滩的水沼中，不时有两三只塔里木兔子在林中草地上忙碌着……

我们催着司机，一心想尽快看到老梁描绘过的马鹿成群、鹳鸟腾飞、鸬鹚游弋的美丽场景。

然而，风越来越大，黄沙漫天，司机早已打开了车灯……

在小赵一再的劝说下，我们只好放弃了多年的向往。不过，几天后，我们还是在沙雅那边，欣赏到了原始胡杨林的风采……

但愿，那不是最后的原始胡杨林，然而有个数字至今还清晰地印在心头——巴州的胡杨林，在近20年中，已被砍伐了近50%！

# 刘先平四十年大自然考察、探险主要经历

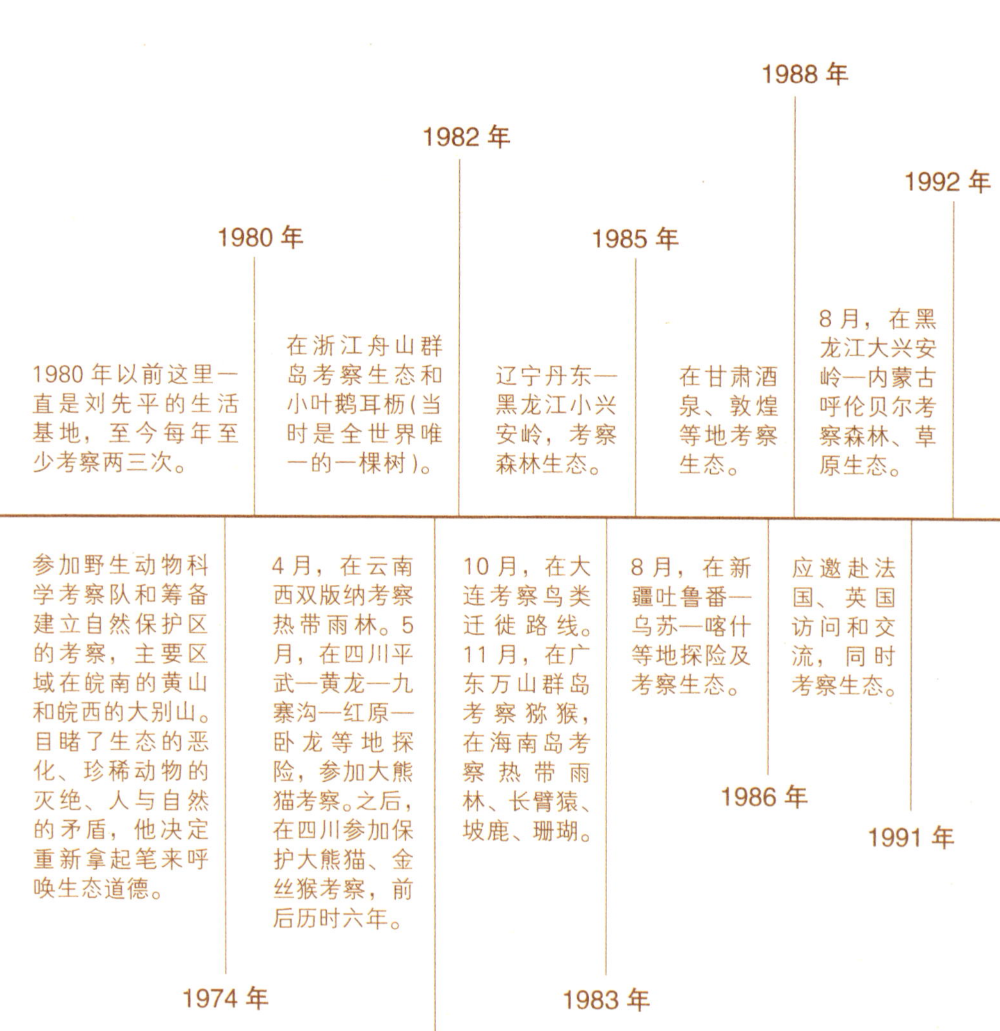

1993年

8月，应邀赴澳大利亚访问、交流，同时考察生态。

9月，在黑龙江考察东北虎。

1995年

11月，应邀参加中国作家代表团赴泰国访问、考察亚洲象。12月，海南岛考察五指山，及霸王岭黑冠长臂猿。

1996年

12月，考察鄱阳湖、长江中游湿地、候鸟越冬地。

1997年

4月，在福建考察武夷山等自然保护区及动物模式标本产地和小鸟天堂，寻找华南虎踪迹。7月，应邀赴加拿大、美国访问、交流、考察国家公园。8月，一上青藏高原，主要考察青海湖。9月，在贵州考察麻阳河黑叶猴、梵净山黔金丝猴。

7月，在云南考察澄江寒武纪生物大爆发化石群，之后去往腾冲，原计划去高黎贡山寻找大树杜鹃王，因雨季受阻，之后去西双版纳野象谷探险。8月，在新疆考察野马、喀纳斯湖、巴音布鲁克天鹅故乡，第一次穿越塔克拉玛干大沙漠。

1998年

1月，考察深圳仙湖植物园。5月，考察江苏大丰麋鹿自然保护区。7月，二上青藏高原，探访黄河源、长江源、澜沧江源，再由青海囊谦澜沧江大峡谷至西藏类乌齐；之后又到了云南德钦，沿三江并流地区寻找滇金丝猴。10月，在广西考察白头叶猴。11月，海南，再次考察大田坡鹿、红树林生态变化。

1999年

8月，应邀赴南非访问、交流，考察野生动植物。

2000年

2001年

2002年

3月，砀山。4月，在高黎贡山寻找大树杜鹃，一探怒江大峡谷，但因大雪封山，未能到达独龙江。6月，湖北石首，考察麋鹿。7月，再去江苏大丰考察麋鹿。8月，三上青藏高原，探险林芝巨柏群—雅鲁藏布江大峡谷—珠穆朗玛峰自然保护区。数次受阻，二十一年后终于瞻仰美丽壮观的大树杜鹃。

2003年

4月，四川北川、青川考察川金丝猴、大熊猫、牛羚。8月，应邀访问英国、挪威、丹麦、瑞典，由挪威进入北极圈。

2004年

8月，横穿中国，由南线走进帕米尔高原，考察山之源生态、风土人情，路线是青海柴达木盆地的察尔汗盐湖—可可西里—雅丹地貌—花土沟油田，翻越阿尔金山到新疆若羌，之后再次穿越塔克拉玛干大沙漠至帕米尔高原。10月，参加中国作家代表团访问南非、毛里求斯、新加坡。

2005年

7月，横穿中国，由北线走进帕米尔高原，寻找雪豹、大角羊、野骆驼，路线是甘肃河西走廊—罗布泊边缘，再次从北线穿越柴达木盆地到花土沟油田，原计划进入阿尔金山自然保护区，未成，回敦煌—库尔勒，第三次穿越塔克拉玛干大沙漠—托木尔峰—伽师—帕米尔高原—红旗拉甫。10月，重庆金佛山寻找黑叶猴，沿河土家族自治县再探黑叶猴。

2006年

4月，二探怒江大峡谷。但又因大雪封山未能进入独龙江，转至瑞丽。6月，在黑龙江佳木斯考察三江平原湿地。10月，第三次探险怒江大峡谷，终于到达独龙江。

2007年

7月，在山东等地考察候鸟迁徙路线。9月，四川马尔康—若尔盖湿地—贡嘎山等地寻访麝、黑颈鹤，考察层层水电站对生态的影响等。

2008年

7月，考察东北火山群，黑龙江五大连池—吉林长白山天池—辽宁朝阳古化石群。9月，应邀访问英国、丹麦。

2009年

6月，考察陕西秦岭南北气候分界线、大熊猫、羚牛、金丝猴、朱鹮。

2010年

9月，应邀出席在西班牙举行的国际安徒生奖颁奖典礼，考察瑞士高山湖泊、德国黑森林的保护。

**2011 年**

6 月、9 月、10 月，海南岛、西沙群岛探险。

**2012 年**

7 月，探险神农架自然保护区。8 月，六上青藏高原，考察青海湖—花土沟油田，前后历时八年，历经三次，终于进入阿尔金山自然保护区—西藏拉萨。

**2013 年**

7 月，考察湘西和张家界的生态。8 月，在呼伦贝尔大草原考察。9 月，在南麂列岛考察海洋生物。

**2014 年**

3 月，南海，考察珊瑚。8 月，宁夏，考察贺兰山、沙坡头、白芨滩、哈巴湖自然保护区。

3 月，云南、贵州，考察喀斯特地貌的森林和杜鹃花。

**2015 年**

7 月，英国，考察皇家植物园和白崖。9 月，考察黄山九龙峰自然保护区。10 月，考察长江三峡自然保护区、恩施鱼木寨、水杉王、恩施大峡谷。

**2016 年**

4 月，牯牛降考察云豹的生存状况。10 月，福建、广东考察海洋滩涂生物。11 月，黄山徽州区，考察中华蜂的保护状况。

**2017 年**

4 月，考察安徽宣城丫山国家地质公园。5 月、6 月，考察黄山九龙峰自然保护区。7 月，考察青岛滩涂海洋生物。8 月，考察九龙峰自然保护区。11 月，考察四川攀枝花苏铁国家级自然保护区，宜宾金沙江和岷江汇合处—长江，重庆嘉陵江与长江汇合处。

**2018 年**

2 月，重返高黎贡，盛花大树杜鹃王。3 月，当涂考察养蜂。5 月，去雷州半岛考察海洋滩涂生物。8 月，考察长江三峡地区生态变化。9 月，云南中国科学院昆明植物研究所考察。12 月，云南高黎贡山国家级自然保护区考察沟谷雨林和季雨林。

**2019 年**